大展好書 好書大展

大展好書 好書大展

文學叢書 5

秋蓮

陳長慶 著

一水關山路迢迢

——陳長慶《秋蓮》讀後

謝輝煌

作家是寫出來的，更是「讀」出來的。在《秋蓮》這篇小說裡面，不難看出作者又「讀」了一些別人少讀的「人間書」，如理髮業的「行話」：雞（一）、身（二）、國（三）、原（四）、強（五）、王（六）、珠（七）、波（八）、尻（九）、寸（十）、墨賊（平頭）、蔡良（多鬍）、南山（洗頭）、澇良（修面）、賴塔（費用）、強仔坑（五元）、點吔（老闆）、儉坑（收費）等等。又如檳榔攤上的專有名詞：包葉、包青、雙子星、紅灰、白灰、老花等等。又如高雄市、臺南市、西港、灣裡，及秋蓮家鄉新復村等處的地形、地物、景色、風情等等。而一句「左邊是市政府，府後是港都有名的風化區」，便把高雄市當年的「繁華」盡收眼底了。此外，醫學、心理學、及遺傳學方面的知識，也不斷地在小說中展示著威力。

觀察人生、人性，是作者的另一種「讀」書的方法。例如：書中老馬首次出場時，作者透過直接的視覺和杜大哥間接的敘述，使人對老馬產生了深刻的印象：他頭上是「烏肉馬股」；足下是「棕蓑木屐」；嗜好是「酒、煙、檳榔、查某、賭」；行爲是以「扁鑽」、「三角虎」稱霸鄉里，「騙吃騙喝，騙財騙色，向酒家和妓女戶收保護費」；經歷是「剛從火燒島回來，變得更大尾」。著墨不多，而形象凸出。不「讀」得仔細、認眞，難臻此境。

整個來看，《秋蓮》這篇小說的結構，誠如作者在〈後記〉裡所言：「是由〈再會吧！安平〉和〈迢遙浯鄉路〉串連而成。」旨在「紀錄已逝的時光和歲月，以及內心難以撫平的悲傷年代。」寫小說，故事不一定要「眞」，然作品中所隱含的創作「意識」

，即寫作動機，則「如假包換」。換言之，故事只是一隻瓶子，瓶子裡裝的東西，才是最需要、最值錢的東西。

《秋蓮》這隻瓶子，只裝了兩顆飽經悲歡離合，又甜又苦的心。而那個悲歡離合的故事，只發生在臺灣和金門這兩塊僅隔一水，卻似近還遠，關山萬重的土地上。所謂「似近還遠，關山萬重」，是指金門早年處於「軍管」狀態下，人民往返臺金，比今天往返臺北、北京還要困難許多，即使在金門服役的軍人也不例外。舉個實例：當年有位剛從學校畢業不久，奉派至金防部服務的海軍中尉，休假返防時，因不諳單行規定，未先赴高雄「外島服務處」報到候船，而逕自搭乘他原服務單位的運補登陸艇按時返抵防區，依規定可簽會「政四」保防部門，以「非法入境」查處。幸第一處承辦人認爲「情有可原」，且未逾假而未予簽處。嗣後有一因逾假而遭申誡處分的中校參謀向上面告狀，認有徇私、不分情事。經上級查得，承辦人員與該海軍中尉並無私誼，亦未抽過該海軍中尉一根香煙。完全是基於顧及該年輕軍官一生事業前途的考量，而從輕發落，私下告誡了事，故而未簽會政四，讓政四在該海軍中尉的保防資料上，記下一筆可大可小的「黑帳」。上級明鑑，乃不再追究。

由上述事例，便不難想像當年臺金兩岸，也有不知多少的牛郎織女不如的悲歡離合的故事，一直像海裡的暗流般在翻滾、洶湧，欲仿效「金風玉露一相逢」而不可得。金門人想娶臺灣小姐必經三關四卡，固不待言。臺灣去的阿兵哥，包括隔不幾年就隨部隊輪調金門的「老金門」老兵，雖和金門姑娘熱到海誓山盟的地步，也限於規定，而心灰意冷。結果，一聲輪調換防，「兵變」如山倒，海不枯而「愛」已竭，石未爛而「情」已碎。這種情形，說是「命」也可，說是「緣」也可。反正，月老有線繫千里，媒婆無能合兩家。很多美麗的故事，便潮起潮落在兩心之間，成了當事人永遠難忘的記憶與心史。好在時代變了，書中男女主角，還有臺南安平和金門醫院的兩次重逢，可惜的是，聲聲都是生離死別的時代悲歌，但這正是作者的命意所在。

如果讀者曾讀過作者於一年多前所寫的另一個短篇《再見海南島，海南島再見！》的話，當可記得作者在那篇小說中，曾提到從金門到海南，要先從金門飛臺灣，再由臺灣飛香港，然後轉機到海南，迂迴曲折，兜了個大圈圈的痲煩事情，而另一個事實，是當年划著小船到廈門去買東西的金門人，因「鐵幕」的鐵門一拉下，便變成了「廈門人」、「共匪」，甚至「匪諜」，不知何日返家園了。現在呢，站在廈門岸邊都可以看到對岸老家的屋門，若想回家一趟，也得從廈門辦好入香港特區的手續及入臺的申請，然後從廈門，經香港、臺灣轉金門。而等不及的親人，遊子的脚還來不及跨進古老的門檻時，最後一口氣竟卡在肚子裡，出不來了。所謂「迢遙浯鄉路」莫此爲甚。現在，這《秋蓮》中的女主角，自從與金門籍的男主角相識而一見鍾情，而兩情繾綣互訂白首之後，也等了半輩子才得到「慈航普渡」。然最後的重逢旅程，幾近奔喪。雖然，阻礙重逢的另有曲折，如當初往返方便，故事就可能要重寫了。總之，這其中的一切的一切，誠如作者在下卷第六章裡機帶雙敲的話說：「它（金門）美其名爲『停泊在廈門港口不沉的戰艦』，但仍然得看海洋大氣的臉色：飛機的起降，由不得人們自行操控。」當然，這也只能說是「大時代的小故事」。小說是以呈現故事爲主，呈現故事的方式，不外直接與間接。前者是採第一人稱「我」，作現身說法式的講故事；後者有如電視上的新聞主播，把「採訪」到的故事間接告知觀衆，亦即第三人稱「他」的方式來呈現一切的活動。《秋蓮》是採第一人稱「我」的表達方式，由男主角把他親身經歷的故事講出來。

這種方式有讓讀者親臨故事現場的臨場快感，但也有不方便之處，即「我」不能在故事終了之前失去行爲能力，而當「我」未親見耳聞的事情必須加入時，就得另謀補救措施。例如《秋蓮》中的「我」，最後幾乎是一個在鬼門關前等候判官來驗明正身的人，如是採用第三人稱來寫，就沒有如撞球檯上「洗澡」的危險。

走險路，下險棋，是一種挑戰。對一個藝高膽大，且有旺盛的挑戰精神的小說作者來說，有時如蘇東坡面對「斷岸千尺，山高月小」的美景時，情願捨舟登岸，「攝衣而上，履巉巖，披蒙茸，踞虎豹，登虬龍，攀栖鶻之危巢，俯馮夷之幽宮。」而不願徜徉在金門的中央公路上。因此，在上卷第九章中，作者便欲擒故縱地，由秋蓮留下的一封「假信」來提高懸疑，並藉杜大哥的一句「剃頭查某無情勝過有情」，來深化那封假信的「眞」，使情節再曲折一次。直到第十章裡，秋蓮在時過境遷，沒有危險（老馬已去「天國」多年）的情形下，和盤托出老馬曾經如何佔有她、虐待她的種種，才彌補了「我」在自高雄一別後，到安平重逢時，中間這段無法「親見」的故事。而到了下卷第八章，又不得不藉秋蓮對兒子的一句「不！（故事）在我的提包裡。」把男主角和吳念金無意間在醫院相見不相識，以及爾後由兩人各自所體見的種種遺傳特徵上，似可證明是「父子會」的經過，爲後半個故事的重現，做了個「煉石補天」的工作。雖然如此，還是有未竟全功之憾，亦即未能安排使「我」的病情暫時得到控制，以利把故事寫到某個時候，作一正式結束，就比較順理成章。所以，秋蓮到金門的事，最宜用暗示性的虛寫，而不宜見之實際行動。而「我」的生命，也只宜用病況來作可維持數月之久的「預言」。否則，整個故事的結尾，便不可能在「我」手中完成。

任何小說，除有故事的發展外，便是對人物的型塑工作了。塑造人物，不外從容貌（含特徵）、動作、言語等方面下手，使人物的思想、個性、觀念等內在形象清楚地，一點一滴地呈現在讀者面前，使人有聞其聲即知其人之熟悉感。《秋蓮》中的主次要人物有十來個，刻劃得生動的，當首推已赴「天國」的老馬。他的形象，已在前文中見過，不必贅述。而他的登場，確能帶給敏感度較高，且具有世故經驗的讀者，一份「山雨欲來風滿樓」的震撼。也可以說，這個「角頭」一現，秋蓮成爲待宰羔羊的命運已呼之即出。

另一方面，小說中主要人物的思想、觀念，實際上就是作者的思想、觀念的翻版。試看，作者對男主角的描繪：一個穿黃卡其制服，服務軍方的戰地平頭青年的小僱員，滿腦子都是「職業沒有高低之分」，大有「能憑勞力賺錢的貓，都是好貓」的傳統家風。因此，他對眼前這個「拿刀」出身的「三八剃頭查某」，就不認爲是個「三三八八的阿花」。即使杜大哥提醒他：「剃頭查某，我看多了，無情勝過有情。」他還是堅持自己的信念，認爲秋蓮「不像一些三八剃頭婆仔，人人好（很隨便的意思）。」而對於「情義」二字，他相當自信的說：「我像一個無情無義的負心人嗎？」作者筆下的女主角是怎樣的一個人呢？原來，她是一個農家出身的女孩，國小畢業，左腮有顆小小的美人痣，兩頰有一對迷人的酒渦，很像老牌影星陳燕燕。那年代，臺灣也很窮，有些蓬門碧玉，多走向「拿刀、耍棍，端盆子」（即剃頭、彈子房記分及賣身）這三個特種行業。秋蓮走向拿刀這一行，學了三年四個月，然後在都會打滾，頗有社會經驗。然平日所接觸到的，都是些「差一個字就不叫『純潔』的人」。所以，當她一接觸到那個來自外島的「憨憨傻傻」的「小弟」時，第一個反應就是「金門少年，眞古意。」接著，愛「烏」及「屋」，嚮往金門。接著，在喝了點酒後，情願寬衣解帶，爲所愛獻身。然後，發出了「我們雖無『恩』可忘，卻都有『義』在身。」的互勉互勵。而經過人生的慘烈波折後，堅守「義」的諾言，教導兒子認祖歸宗，自己也做到了「生是夫家的人，死是夫家的鬼」這份傳統美德。

已很明顯了，作者所要傳達的訊息，全在男女主角身上凸顯了。小人物而能「只見一義，不見生死」，能「義無反顧」去追求人性中的至美，而不沾帶一點世俗，這比空口喊一千個「心靈改革」要珍貴千倍。

文學是離不開人生的。《秋蓮》這篇小說，在現實生活上，有批判，批判了一個「迢遙浯鄉路」的「悲傷年代」；在空靈世界裡，有讚美，讚美了一份祖宗遺傳下來的「古意」。這份「古意」，由帶著一份淡淡的「秋」的哀怨，和「出汚泥而不染」的「蓮花」組合而成的「秋蓮」導引出來，歸結於「念金」身上，也就不辜負朱熹老夫子當年在金門講學的深恩厚澤了。

原載一九九八年六月二十日《浯江副刊》

目錄

《下卷》——迢遙語鄉路

秋蓮《上卷》

再會吧，安平！

第一章

如果用美麗的謊言
　來虛構故事，
我心中不會有秋蓮的存在，
而是一朵朵在大海裡
浮浮沈沈的
　苦蓮……

去年初冬，我皆同堂弟，搭乘遠東航空公司的班機，由高雄小港機場輾轉來到臺南灣裡，參加相識相交三十餘年的執友杜大哥次公子的婚禮。

杜大哥家中經營的是理髮業，因有理髮的專長，在金門服役期間，被調來《九0一營站》屬下的理髮部擔任領班；那時，我在政五組協辦福利工作。二年的役期中，朝夕的相處，友情在逝去的歲月裡自然地成長。在他退役返鄉後，我們仍舊守著那份得來不易的情誼，保持著從不間斷的連繫；甚至三弟和堂弟先後在臺南就讀醫專、師專時，每逢星期假日，來往杜家，如同自己的家一樣；杜大哥夫婦對待他們，就如同自己的兄嫂一般，讓他們遠離家門的遊子心靈，倍感溫馨。

依照常理，我們該搭乘大華航空的班機，直飛臺南；然而竟爲了我廿餘年，未曾重遊港都、坐過火車，堂弟也能體諒與理解我長久默守家園，難得出趟遠門，毫無怨言地應允相陪。

雖然是初冬，南臺灣的氣候猶如春陽般地溫煦。我的情緒也隨著熾熱的天候與一波波來來往往的人潮而煩燥。久未重遊的港都，除了增加幾棟高樓外，光禿的半屏山，惡臭混濁的愛河，儘管楊柳低垂，河邊花木扶疏，內心感到的卻是空有詩意的河名，沒有河的莊嚴與美感。老舊的車站，擁擠的人群，候車室裡的霉味，遂使我們快速地進入北上的月臺，夢想中的港都，美好的印象已在腦海裡幻滅；倒是心儀已久的自強號火車，卻讓我有捨不得下車之感，當然，我並沒有忘記此行的主要目的。

《灣裡》是臺南市南區郊外一個臨海的村落，人口雖然密集，商業卻不熱絡，依靠的是近海的漁業。杜大哥雖然兒女已成長，擁有新式的店面樓房，卻依然獨守上一代留傳的剃刀和剪刀，果若與廿餘年前，雇用十餘位女理髮師相比，套用數學上的任何公式來演算，不知將成什麼比率，或許連最基本的個人維生也成問題，更別說養家活口。幸好杜嫂料理家務外，兼做時裝縫製，大公子從事水電工程，即將成婚的二公子則是《臺灣時報》的體育記者。孩子各有事業，生活也不成問題；而他們仍然守著那把日漸式微的剃刀和剪刀，或許是延續著理髮世家與爲人服務的創業精神吧。

蒙受杜家兄嫂照顧甚多，時任臺北《陳內外骨科》副院長的三弟，也專程趕來會合，除了獻上虔誠的祝賀外，他與堂弟將當嚮導，陪同老哥參觀遊覽號稱『文化古城』的臺南。當然，孔廟、延平郡王祠、安平古堡都是我們的重點行程；然而，當我們輾轉來到安平，古堡卻在維修而停止開放。仰望圍籬旁長滿青苔的磚牆，盤纏在壁上的古榕，幾片綠葉，幾處斑剝的紅牆，如同我失望與茫然的心境——來到安平，見不到古堡！

我們順便參觀了鄰近的文物館，對於古文物的維護保存，各有所長，雖然種類不多，所知有限，見不到古堡的失落感，則在此處獲得聊勝於無的補償。古都溫煦的陽光已在門外相迎，紅牆下是古榕的倒影，一幅活生生的圖畫，正在內心裡衍生，它是否能在我腦海裡長久地盤桓，抑或是像雲煙般地消失。走過下坡的轉角處，高大的樓房遮掩住古堡和紅牆，來時的喜悅，竟對上敗興的歸程，而就在我心中充滿著矛盾與茫然的時刻，騎樓下一塊綠色的市招卻觸動了我的心靈，——

秋蓮檳榔！

我情不自禁地唸著，轉頭對著同行的三弟和堂弟笑笑。他們見怪不怪地陪著我笑笑。然而，我腦海裡卻一直想著「秋蓮、秋蓮」這個熟悉的名字，一個美麗的影子也同時在我腦中浮現，那影子美麗如秋蓮。而在我眼前，低頭削檳榔的婦人，竟是我青春歲月裡、失聯的異鄉情人——吳秋蓮。

她低著頭，卻遮掩不住左腮旁那顆曾經讓我輕撫過的小小黑痣；她不必笑，卻依然能讓那對淺淺的梨渦浮現出來，她的美，不在外表而在內心。我斷定，她就是秋蓮！我的內心隨著思維起伏激盪，我的脚步停滯不前，終於她抬起了頭，卻抬起了一臉的憔悴，也沒有把視線對準我：

「先生，新鮮的檳榔，包葉仔、包青仔、雙子星、紅灰、白灰都有。」她說著，又低下頭，熟練地剖開，塗上「紅灰」，塞上「老花」。

我走上前，雙手扶在擺滿檳榔的玻璃櫃上，忍不住地喊了一聲：「秋蓮。」

她猛而抬頭、站起，久久地凝視著我，一絲興奮的微笑掠過唇角，尖聲激動地說：

「小弟，是你！」她隨即挪開椅子，走了出來，緊緊地握住我的手。而那雙我曾經握過、牽過的手，已不再細柔、光滑；密佈著深皺的紋路與粗糙的痕跡。當我們的視線再度重疊，魚尾紋旁是一對無力的眼神，一張歷經滄桑的臉龐，這可曾是人生必經的過程？無數的問號在我內心裡盤纏，她是否也發覺歲月在我臉龐銘刻的痕跡？這都是自然的老化現象，不能怪罪光陰的無情。

我簡單地爲他們介紹，三弟和堂弟的眼神裡，同樣閃爍著茫然與迷惑。年輕時的老哥果眞處處留情，還是見不到古堡而衍生的夢幻？不管他們做何解讀，擺在眼前的是偶然的巧遇，不是刻意的尋求；是眞實人生的寫照，不是空有的虛幻。只是此時，佇立在異鄉的騎樓下，我該從何思索起，好告訴他們這個美麗纏綿的愛情故事；況且，我能敘述的也只是它的一半，而另一段呢？是否該由秋蓮來傾訴，才能構成一篇完整的故事。

此時，我的情緒零亂，思維空白；沒有結局不是故事，只是心靈上的片段、點滴：：

她引領我們進屋，沖來熱茶，幽雅的客廳，仿古的傢俱，簡短的問候和交談，似乎有了第三者在場，讓我們的話匣子不能打開。屋內冰凝的氣氛，熱茶繚繞的蒸氣，廿餘年前烏黑細柔的長髮已剪短，簡樸的衣著，清瘦美麗的臉龐，是典型的家庭主婦。而門外的檳榔攤，是維生？是補貼家用？是撫養子女？還是打發無聊的時光？儘管有著許許多多的疑問，答案並未刻畫在她臉龐，亦未寫在她的身上。

「老馬呢？」我飲了一口茶，關心地問起她的先生。

「走了。」她凄迷地一笑。

「到那裡？」

「天國。」

「天國？」我重複她的語調，猛而地站起，她卻低下了頭，識相的三弟、堂弟也跟著站起，這冰凝的氣氛似乎該由我來化解。我坦誠地告訴他們，決定放棄延平郡王祠與孔廟的行程，必須留下求取答案，倘若得不到結果，永不向安平說再會！

儘管秋蓮再三地挽留，並沒有打動他們先行離去的決心，而我獨自留在安平，已沒有青春時期的戲碼可演：我們的相逢，也不再有青春時期的浪漫和激情，就彷若多年不見的老友，那麼地坦然。我也不能單刀直入地詢問老馬遠赴天國的原因，也不能庸俗地問她的生活起居，一切源於自然、順於自然、歸於自然。

她收拾了檳榔攤，掩上房門，已逝的時光讓我們蒼老，此時默守的是什麼？希冀的是什麼？上天安排的是我們的巧遇，不是老情人的再相逢、再重聚，更不能重燃已熄滅的生命火花。

我們無言地相對，遙隔的彷彿是一道衝不破的冰牆。歲月已把我們的距離拉得好長、好遠；一在海的那一邊，一在山的這一頭；兩顆赤誠底心，一塊蒼老的心田，不久即將走完人生的道路，不久即將歸回塵土，我們留戀的是從前，不是現在；從前默記在我們心靈的最深處，現在卻在茫然與遙遠的深邃裡。

故事的前半段，已逐漸地從我塵封的記憶裡甦醒，我沒有理由不爲自己留下青春時期美麗的回憶。雖然無情的光陰已腐蝕了我的腦細胞，那僅存的，是否足夠讓我把已啓封的故事說完，誠然我顫抖的手，笨拙的筆不能作更完美的記載。故事本身也趨於平凡，但我始終忠於良心、忠於眞實、更忠於即將失去的記憶。如果用美麗的謊言來虛構故事，我心中不會有秋蓮的存在，而是一朵朵，在大海裡浮浮沈沈的苦蓮：：：：。

第二章

痛苦的背後是甜蜜的，
愛河散發的臭味、
港內含腥的氣體，
終將幻化成一絲絲
令人懷念的和風⋯⋯

一九六五年，掌管防區福利工作的《金防部福利委員會》正式裁撤，業務回歸督導福利工作的政五組。我接辦了由張課長撥交的廢金屬品處理業務，也是我第一次因公而踏上寶島臺灣的土地。儘管事先調閱了許多有關文卷、法令，在金門的作業也以命令代替協調；而到了臺灣，堆集在高雄港十三號軍用碼頭的廢金屬品，則必須依法登報招標。不幸，我的第一次作業竟踢到了鐵板，銅、鋁、鉛，廠商搶著要，馬口鐵與一般廢鐵，卻壓低了標金。一連兩次流標，我青春的臉上已失去了光彩，內心承受的壓力則發洩在毛髮上和鬍鬚上，對鏡一照，活像囚犯地令人難受。

因業務上的關係，我每天必須由下榻的《高雄國軍英雄館》步行到十三號碼頭，在五福四路左轉的街道上，經過《日日春理髮廳》的次數不知凡幾，店裡清一色是女性理髮師，依它不起眼的裝潢設備，或許收取的費用不會太高，我毫不猶豫地走進去。

「身仔號，所立搭。」櫃檯的中年婦人，尖聲地喚著，我也適時會意到，她以行內的術語，向二號理髮師示意客人來了。我之所以能聽懂她們行內的術語，是在我經管的《免費理髮部》向臺籍理髮師討教學來的。比如她們說的一、二、三、四、五、六、七、八、九、十則是「雞」、「身」、「國」、「原」、「强」、「王」、「珠」、「波」、「尻」、「寸」。當然，一些奇怪的語辭，我還是有聽沒有懂，再怎麼用心學，也不能會意，只因爲不是她們圈內人。

一位小姐已站起，用毛巾拍拍椅子。

「這邊坐。」她看看我，喃喃地自語，「墨賊兼蔡良，衰！」她說的「墨賊」是指價格較低、不必吹風抹油的「平頭」，「蔡良」則是鬍子多，不好刮，當然要衰！我看看她，目無表情地坐下，她翻開我的衣領，圍上滿是髮渣的白色圍巾，我忍受著針刺脖子般的搔癢，告訴她要理的髮型。

「嘜嚕所！」她板著臉，自言自語地。認爲我是一個囉嗦的客人。她的動作粗魯，態度惡劣，雖然能忍受她的擺佈，內心卻有一種花錢買罪受的感覺。從她笨拙的手藝，想必是剛出師不久的新手。我的平頭已呈波浪，偏頭像一只黑色的鍋蓋，當她猛力地刷去我脖子上的髮渣，正要解開圍巾時，我忍不住比了一下手勢。

「拜托小姐，邊上稍微再修一下。」我強擠出一絲笑容。

「還修？」她不悅地取下圍巾，「再修就成光頭啦，嘜嚕所！」我無語地看看她，人在倒楣的時候樣樣不順，竟連花錢理髮也必須忍受這種不能抗爭的悶氣。大吵大鬧並非是一位青年該有的處世態度，大不了再花錢到別家理髮廳重新修剪，不想與這種「半桶師仔」計較。

「小妹，」她取下圍巾，抖下髮渣，高聲喊著：「南山！」我知道，她在叫學徒幫我洗頭。雖然小妹很用心地幫我沖洗，然而，我心想的卻是偏頭邊上皮髮黑白分明的大鍋蓋。男人的精神和氣質，得體的髮型占了很大的比率，一旦不修邊幅，常被老一輩笑稱囚犯。況且，愛美也是人的天性，既然理的是「大平頭」，頂上當然要「平」，邊上則要「順」，才能顯出男性的氣質和美感；如果頂著大鍋蓋走出去，還不如理光頭來得清爽。

洗完頭，小妹用毛巾為我擦乾髮絲，她卻坐在沙發上看報，從她的舉止言行，高傲的心態表露無餘，可能自認為是大師吧。然而，若依她的手藝，過不了「平頭」這一關，必須再做三年四個月的學徒，才能出師門。雖然她長得不難看，但這是以手藝為主，熱誠服務為輔，兩者相輔相成，空有一個漂亮的臉蛋，有個屁用？

「小妹，順便滂良。」她指著小妹，要她順便幫我修面刮鬍。然而，先人遺傳給我的卻是理髮師最討厭的——鬍秋哥。如果剃刀不利，技術不佳，加上不用熱水敷，一旦刮過，血水會從我的毛孔溢出，熱烘烘過後，將是陣陣的疼痛。此時所感，正是內心所想的。我舉起手，做了一個不要再刮的手勢，逕自坐起，用手摸了一下疼痛的下巴，掌心果真沾了斑斑點點的血漬。我搖搖頭，苦笑著，取下圍巾，掏出一張十元的鈔票走向櫃檯。

「點吔，儉坑。」她要老闆收錢。

「賴塔？」老闆問她收多少錢。

「強仔坑。」她比了手勢，告訴老闆五塊錢。

然而，當我把找回五元放進口袋的同時，另一位小姐走過來，她留了一頭烏黑的長髮，清麗的臉龐，粉頰上是一對淺淺的小梨渦，薄薄的脂粉，樸素的衣著，給人留下一個美好的印象。她走進櫃檯，低聲而慎重地向老闆說：

「點吔，少年眞古意，是和是所，身仔號擂這款山實在歹照。」她向老闆說，這位少年很老實是好客人，二號理髮師把他的頭髮理成這樣，實在難看。

「秋蓮，你就費神幫他修修吧。」老闆說著。

「對身仔號歹勢。」她手一搖，向老闆說對二號理髮師不好意思。

「有代誌我負責。」老闆不高興地，低聲說：「這款工夫也敢到我日日春賺吃。」

雖然我聽懂她們的對話，卻不好意思重新坐下來，讓她爲我修剪。我摸摸頭，緩緩地移動脚步。

「小弟，」我轉回頭，是那位叫秋蓮的小姐喊我，「來，你坐下，我幫你修修。」

而我突然對這聲「小弟」感到好奇，依年齡，她絕不會比我年長，是否因為我理了平頭，穿了黃卡其制服，像個學生。

「謝謝妳，小姐，不好意思麻煩妳。」我停下脚步，並沒有即刻坐在椅上。

「沒關係，老闆有交代。」她拿起坐墊，拍拍椅子，「請坐。」

我向她點點頭，不客氣地坐下，如果不重新修剪一番，頂著大鍋蓋走出店門，不被人笑傻，也是世俗裡的「大條」。

她用手推剪，把我頂上呈波浪狀的短髮剪平，又把偏頭突出的髮絲剪下，極其細心地由短而長順勢上推，從鏡中映照出她熟練的動作，精湛的手藝，更映照出一個美麗的倩影，品出一份古典中國的傳統之美，而非庸俗的薄唇小嘴，柳眉大眼。

修剪過後，她用脫普洗髮粉親自為我洗頭，也是她們說的「南山」。她輕輕地用手指摩擦著我的頭皮，而不是用長而尖的指甲猛抓。用姆指與食指在我的頸上輕輕地按摩，此生未曾享受過的舒適感，此刻頗有萬事足的感覺，剛才懊惱與不快的陰霾，也早已一掃而空。

「你是在地人？」她輕聲地問我。

「不，」我微微地笑著，「金門人。」

「金門人？」她訝異地，「來玩？」

「不，出公差。」我解釋著。

「來一趟也不容易，要坐廿幾小時的船。」她用吹風機輕吹我淋濕的髮絲，笑著說，「我們更是無緣到金門。」

我笑笑，找不出什麼妥善的言辭來回應她。或許要等到反攻大陸吧，還是嫁做金門媳婦；然而這些尖銳與肉麻的話，我並沒有出口。

她放低了理髮椅，用熱毛巾敷在我的的唇上和下巴，剃刀在長條狀的「劃刀皮」上摩擦了好幾下，細柔且含有皂香的手，在我的臉上撐緊臉皮，剃刀微微的聲響，刮下我的鬍鬚，剛才沒有刮淨的鬍渣已被清除，熱毛巾擦淨我的臉，又抹上白雪男性面霜；在我管轄下的《免費理髮部》，也從未享受過如此的待遇。

她扶起椅子，爲我整好衣領，用毛巾輕輕地拍拍我的背後。

「小弟，好了。」她得意地，「帥吧！」

而我不明白，她爲什麼又一次地喊我小弟，雖然聽來蠻親切的，但做她的哥哥綽綽有餘；這是否時下小姐們，對陌生青年慣有的稱呼？我也不能理解她們的心意，如果是那位中年女老闆喊我小弟，倒也妥貼多了。

「謝謝妳，秋蓮小姐，⋯⋯⋯」

「什麼？」沒等我說完，她驚訝地，「你怎麼知道我的名字？」

「剛才老闆不就叫妳秋蓮。」

她思索了一下，笑笑，雙頰飛起淺淺的微紅，小小的梨渦，好迷人的記憶，深深地印在我心裡。

我含笑地走向櫃檯，準備重新付帳。

「點吔，嘜儉坑，金門少年，眞古意。」她柔聲地向老闆說，不必再收錢；而我是不是很「古意」，自己並不知道，至少身懷的是一顆坦誠的心，這也是金門青年予人良好印象，不可或缺的先決條件。過分的客套終將成爲庸俗。除了向她道謝外，並沒有另行付費。

懷著愉悅的心情，走出日日春理髮廳，苦痛的背後是甜蜜的，經過五福四路直上愛河大橋，河裡散發的臭味、左邊港內含腥的氣流，終將幻化成一絲絲令人懷念的和風⋯⋯⋯⋯。

第三章

我的理智將戰勝內心裡的矛盾，
必須珍惜目前、把握現在，
絕不讓萬壽山的微風，
只掠過我的髮際；
而是要讓它飄向我心靈。

來到高雄，已有好些日子了，領取投標須知與標單的廠商不知凡幾。每天陪著他們到碼頭看貨，還得花費口舌爲他們解說，又要督飭押運看管的士兵，忙得團團轉。然而，每次經過日日春理髮廳，總會情不自禁地轉頭看看，如巧而與秋蓮雙眼交會時，她會含笑地向我揮揮手，親切地說聲：

「來坐啊！小弟。」

雖然她是一番好意，但我也不能厚著臉皮進去坐坐；一是因公務路過，二是做生意場所，怎能容下你進去聊天談笑，若讓老闆下逐客令，彼此顏面全失，那才丟人哩！話雖如此，但有時卻也讓我想起她那柔美的音韻，以及那對令人忘懷的小梨渦，這或許是我青春時期仰慕異性，內心的自然反應吧。但始終缺乏那份進去坐坐的勇氣。而就在一個傍晚，剛送走看貨的廠商，夾著資料夾步出碼頭的大門，卻迎面碰上了秋蓮。

「嗨，小弟！」她向我揮揮手，「還忙呀？」

「妳好，秋蓮。」我也向她擺擺手，「散步？」

「出來走走。」她說著，看看圍牆不遠處的大門，「你到裡面幹嘛呀？看你來去匆匆的。」

我坦白地告訴她，來高雄的目的和原因，以及在業務上遇到的一些挫折。雖然不該講，但並不是什麼機密與特殊任務，藉機聊聊也無所謂，何況發發牢騷，也可消消心中的那分悶氣。

「全球的景氣都不好，急也沒用。」她安慰著，「願你的工作能順利。」

「謝謝妳的關懷。」我們同時緩緩地移動腳步。

「常來臺灣？」她問。

「第一次承辦這項業務，也是第一次來臺灣。」

「高雄熟不熟？」她仰頭看看我。

「每天從國軍英雄館到十三號碼頭，其他什麼地方也沒去過。」

「眞的？」她提高了聲音，「我可以當你的嚮導。」

「坦白說，第一次離家出遠門，對港都這個閃爍著霓虹燈的不夜城，充滿著好奇和嚮往，當然更希望找機會到處走走看看。」

「晚上還有事？」

「六點半工作小組一個小小的檢討會，二十分鐘就結束。」

「那麼七點左右，我到英雄館找你。」她壓低了聲音，「陪你到處走走、看看。」

我的體內隨即通過一陣溫馨的暖流，在這舉目無親的異鄉，在我工作上不能順心的時候，我何來的榮幸，能獲取異鄉女孩賜給我的這份情誼，該不會掉在異鄉女孩的陷阱裡吧！我也聽說過剃頭查某每天接觸的客人很多，從流氓到紳士，從官到兵，從老到少，她們摸過富商巨賈的頭，刮過達官貴人的鬍子，剃頭查某不是三三八八的阿花，就是眼睛長在頭上、不正眼瞧人的大小姐模樣。想到這裡，內心也浮起一絲淡淡的輕愁。

她有意無意地碰了我一下，似乎在期待我的回答，而我豈能未曾接觸，就先疑神疑鬼的；儘管這裡是一個異於家鄉的現實社會。人們是以外表的穿著，袋裡的銀子來衡量人的身價。我只不過是一個職位既低、收入又少的軍中聘員，不起眼的面貌和穿著，在這個拜金的社會，我能企求什麼，膽敢冀望什麼？我該接受異鄉這份得來不易且逐漸萌芽的情誼，還是不知好歹地拒人於千里之外？

「不願意？」她見我久未作答，仰起頭，淺淺地一笑，「還是怕我吃了你？」

「不，」我的思維已不允許我沈默不語，窮思獨想，「我怕耽誤你的時間，影響妳的工作。」

「不必為我思慮太多，金門青年的純潔與樸實，我早有耳聞。」她說著，竟用食指勾住我的無名指，讓我靦腆不知所措。

「妳不覺得金門青年憨憨傻傻的？」

「不，」她正經地說，「我倒認爲他們純潔可愛。」

「眞的。」我高興地，「沒騙我。」

「良心話。」

臨近店門口，她鬆開了我的手，輕聲而柔情地說：

「別忘了。七點左右，英雄館門口見。」

我含笑地點點頭。

目送她走回店裡，一個美麗的倩影也同時在我的腦海裡盤纏。回到英雄館，值班的櫃檯小姐遞給我一份電報：長官指示，這一次如再標售不成，可逕與唐榮公司議價。唐榮公司是公營事業，也讓我想起在公司擔任主任祕書的前副主任劉國禎將軍，相信老長官會給予我們必要的協助。這雖然是不得已與最後的一步棋，卻也是我們的安心棋。我趕緊告訴同受壓力的工作同仁，彼此臉上綻放的、內心所感的，是一份無名的喜悅。相信唐榮會給予我們極其合理的價錢。

晚間的小組檢討會也宣布取消，彷彿從心中卸下一塊此生不能承受也得忍受的頑石。然而，卻也不能高興得太早，尙有好幾道關卡未過哩！是否能不再橫生阻礙，讓我們順利地跨越過去，早日完成任務。

主計處的王少校邀我同赴《藍寶石歌廳》聽歌，我婉謝了他的好意，但也羞於告訴他我另有約；內心著實是五味雜陳，有喜，有憂，也有愁，在這異鄉短暫的時光裡，讓我心靈上有夢幻般的變化，我不敢預測未來的命運，是否要情定異鄉？還是輕握一雙平凡的友情之手。

我站在低矮的圍牆裡，地上是翠綠的草坪，牆角是盛開的紅玫瑰。時而望望牆外，時而仰頭看看天邊閃爍的繁星。英雄館大廳的壁鐘剛鳴過七響，一聲悅耳柔美的聲音也同時響起：

「小弟。」

我向她揮揮手，也喊了一聲：

「秋蓮。」

然而，不知道是這都會男女的習慣，還是我們眞的投了緣，她極其自然地牽起我的手，而我內心的疑問始終沒有減少，她牽的不知是大哥的手，還是小弟的手？是朋友的手，抑或是令人心醉的情人之手？這相互牽動的手，是否能縮短我們的距離，還是依然在遙遠的深邃裡。

「小弟，從現在起，就由我來安排。」她說著，微仰著頭，看了我，「你也別緊張，不會把你給賣了。」

「謝謝妳，秋蓮姐。」我笑著跟她開玩笑，「如果你想買的話，不但是我的第一選擇，而且是免費的。」

「不，你只能叫我秋蓮，不能叫我秋蓮姐。」她正經地說，「我也捨不得把你給賣了，不管我是否享有優先選擇權，還是讓我們自然成長較好。」

「我的年齡絕對比妳大，人也比妳老，妳不能叫我小弟。」

「你不覺得小弟叫起來親切又貼心嗎？」

不錯，小弟叫起來不肉麻，卻窩心；然而，我的心眞能貼近她的心嗎？這是我此刻想想，又不敢想的問題。

她招來一部三輪車，我們雖不能貼心，卻已貼身地坐在一起。微風吹來她的髮香，以及從少女身上散發出來的淡淡幽香。這美麗的夜之情愫，讓我不克自拔，彷彿我已置身在多彩的夢幻中。

她沿途爲我做詳細的解說和介紹，而裝進我記憶的卻只有她的影子。這是否意味著我的青春時期，已進入到另一個感情的世界裡。

三輪車已輾過港都的精華地帶——鹽埕區的每一個角落，我們漫步上了景緻怡人的萬壽山。萬壽山也是高雄的看家山，俯瞰燈火通明的市區，讓我感受到這不夜城的雄偉壯觀。一對對的情侶，親親蜜蜜地挽著手，從我們身旁擦肩而過，如果我們不仿效和附和，是否有負這般景色？她時而挽著我，時而牽著我，這是內心自然的悸動，沒有誘惑，沒有强求。

「謝謝妳，秋蓮，如果沒有妳的嚮導，不知何時才能步上這迷人的萬壽山。」我輕輕地捏捏她的手，由衷地說。

「我一直相信佛家所說的緣份，從學徒到出師，在外面翻滾了那麼多年，卻見不到像你這麼純潔樸實的青年，如果你不嫌棄我從事的是一份不太高尙的行業，小弟，我們就做個永恆的朋友吧！」

「職業並沒有高低之分，只要憑勞力賺錢的工作，都是高尙的、神聖的；願我們心懷的是一顆坦誠之心。倘若我回到金門，你依然是我在異鄉，在心靈深處，最美麗、最貼心的好朋友。」

她緊緊地握住我的手，頭微偏在我肩上，內心已感應到有一種微妙的情愫在我們心中萌芽，有信心，讓它成長茁壯。

「雖然我們認識的時間不長，對彼此的家庭背景也沒有深刻地瞭解；但人的相識，似乎都存在著一種自然的默契。我書讀得不多，卻看得不少，人生閱歷雖感貧乏，但體會卻很深刻。」

我默默地聆聽她發自心靈深處的剖析，卻突然感到，我牽著挽著的，是一雙大姐的手，更像是依偎在她身旁的小弟弟。或許，現實的社會把她磨練得更成熟，讓她對人生的體會更深刻，人情世故懂得更多，而浯鄉是一片純淨的白沙河，無污染的環境讓我的思維趨向單純。不懂得人心的可怕，社會的現實。在青春的時光，感情的世界，更是一片空白。而我的感情是否已投向異鄉這位女孩的心靈上，還是回家等待媒婆的上門。我的理智將戰勝內心裡的矛盾，必須珍惜目前、把握現在，絕不讓萬壽山的微風，只掠過我的髮際；而是要讓它飄向我心靈。

我們愉悅地步回山下，五顏十色的霓虹燈依然在夜市中閃爍，親蜜地依偎、挽手，並沒有異樣的眼光，卻有羡慕的眼神。第一次搭乘電梯，在《大新百貨公司》瀏覽，服務人員的親切、貨物的齊全，我的視野已不局限在浯鄉小小的雜貨店裡。在化妝品部的專櫃，選購了一套星期口紅，雖然是一份庸俗的禮物，她卻沒有拒絕我這份心意，更回贈我超值三倍的男用皮夾。下車時，她搶著付費；喝了飲料，嚐了美食，完全沒有我付帳的機會。是誰說過異鄉女子見錢眼開？我身旁的女孩卻為一位相識不久、來自遙遠地域的朋友，付出喚不回的時光和金錢。這是「緣」？還是「情」？而「緣」與「情」，「情」與「緣」的增進，是否與時間的長短有絕對關係？人世間裡，果眞有「一見鍾情」的情緣？在她的思維裡心靈上，希冀的是金門青年的純潔和樸實，我不該對這份速成的感情心存懷疑，腰纏的也沒有黃金萬兩，可供人拐騙。倘若有一天，她願意跟我回金門，我將會以虔誠的雙手來迎接她，這美麗不實的夢幻，或許要期待機緣的到來。

我們又跨上了三輪車，異鄉的夜已深沈，內心裡也無所懼怕，是她護衛著我，還是無形的熱與力，溫暖了我們的心。她沿途指指點點，不放棄一座小小的公園、一棟古老的建築，都爲我做最詳細的解說。

「左邊是市政府，府後是港都有名的風化區，小弟，我是盡一位嚮導之責告訴你，可不希望你到這種地方來。」她笑著說，同時在我腿上輕拍著。

我情不自禁地笑出聲來，樂得三輪車伕也哈哈大笑。當然，我也深知她的用心良苦，以免好奇常存心中。我把手心重疊在她的手背上，她轉頭看看我，在暗淡的街燈下，我仍然能感到是一對閃爍著愛情光芒的眼神。

在愛河的另一個橋頭下了車，我們走在河畔濃蔭的柳樹下。草坪上，歇脚椅，一對對相擁相依偎的情侶，有的低聲細語，有的閉目享受激情過後的寧靜。我們的手也相互環過繞過彼此的腰際，纏綿在一起的是兩顆熾熱的心。愛河潺潺的流水已靜止，春風輕吹低垂的柳葉，斜靠在我懷裡的異鄉女孩雙目已微閉，我未曾沾染汚泥的手，是否能輕撫她清麗安祥的臉龐，當我低頭微碰她的髮際時，熾熱的臉龐，快速的心跳，這已顯示我青春歲月裡欠缺了許許多多的歷練。我鼓足了勇氣，在她耳旁，低聲說了一句：

「秋蓮，我愛你。」

這庸俗的三個字，卻換來她緊閉的雙眼，幸福的笑靨；而我的心跳不停地加速前進，她心所想的，耳想聽的，果眞是這三個字。這連三歲小孩也能朗朗上口的三個字。

「小弟，」她柔聲地低喊，「如果你眞愛我，眞喜歡我：：：：：：」她蠕動了一下唇，在暗示什麼？在期待著什麼？在愛的園地裡我是不及格的小學生，成績單上是令人心悸的滿江紅。而她豐富的經驗，是我少男初吻的指導老師。滿嘴湧現出愛的唾液，卻在片刻之間，化成心中的甜蜜蜜，以及此生的永不分離。

重新漫步在這醉人的河堤，腕錶的指針已在午夜的定點上，過橋就是五福四路，也是愛河的出口處。珍重的是心與心的纏綿，再見則須旭日東昇時。今晚美好的回憶，明日是否還有勇氣踏進日日春的店門，低喚一聲——

秋蓮：：：：：：。

第四章

社會就像一個大染缸，
妳選擇自己喜愛的色彩，
卻能不被其他顏色所污染。
秋蓮，
我們的愛鐵定會恆久⋯⋯

第三次開標的結果，雖然廠商提高了金額，但依然與我們所核算的成本相差很多，遵照長官的指示，我們直接找唐榮公司議價，在老長官劉國禎將軍的協助下，作業出奇地順利，任務也快速地完成。也爲廢金屬的處理建立了一個新的、成功的案例，在不能獲取更多的盈利下，爾後將援例運交唐榮，以免徒增作業的困擾。任務完成後，我們有一星期的慰勞假，家眷在臺灣的同仁當然高興，而我在這異鄉則是無親無戚，唯一想過的是到臺南灣裡，看看剛退伍返鄉的杜大哥。當然，如有機會，也希望能與秋蓮多聚聚，彼此做更深一層的瞭解，讓那已萌芽的愛情，快速地綿延。然而，我並不能天天泡在日日春，也不能佔有她太多的時間，在不能妥善規畫運用假期下，這幾天的假期對我來說，並沒有多大的益處，也失去了意義。當我把事實告訴了秋蓮，她的興奮掃走了我內心的陰霾。她與店家是採取四、六分帳的方式支薪，店內的師傅也有足額，請幾天假，除了少賺點錢，並不影響店裡的生意。她要我退掉英雄館的房間，在她租來的住處暫住幾天。然而，這突如其來的好意，讓我不知所措。

「小弟，別考慮太多，相信我們心中只有坦然，沒有鬼；只有愛，而不是相互利用。」

「秋蓮，妳的好意我能理解，也非常感激。妳知道我來自一個單純的島嶼，貧窮的農家，自己也想不到在這異鄉異地，能獲得一雙推動友情的手，時間雖短，進展神速，我會永恆地珍惜。」

「不必感激，記住就好。人與人的相處，男女感情的進展，與時間的長短沒有絕對的關係，歲月只是考驗，不代表任何形式。」

「我們生長在兩個截然不同的環境和地域，一是戰地，一是寶島，或許它將是我倆邁向愛情最高昇華的坎坷路障。」

「這些並不是問題的癥結，路途雖遠，兩心卻能相吸溶爲一體，只有虛僞不實的愛情，才屈服於命運，經不起考驗。」

「倘若歲月爲我們帶來美好時光，愛情未曾受到時光的腐蝕，秋蓮，妳果眞願意跟我回金門？」

「小弟，不要懷疑這份速成的感情，我看多了這都會裡人們的嘴臉，男人愛的是美色，女人追求的是金錢；年輕人好高騖遠，少女愛慕虛榮。我嚮往金門的純樸，欣賞金門青年的純潔和務實。我千百個願意隨你回金門。」

實際上，我們也不必作更多的承諾，公務已完成，假期結束後，必須回到瀰漫著砲火煙硝的戰地金門。何日能重臨港都，何日能與她再重聚，都是未知數。我必須把握這短短的時光，珍惜這份相識容易、結果難料的情緣。是否能經得起歲月的考驗，還是當我返金的船艦，航行在臺灣海峽時，天色已變，海風翻起了洶湧的白浪，而後隨著湍急的水流，流向生命中的另一個港灣。

我們抄著英雄館旁的小巷走，秋蓮租的是一棟小小的日式平房。二房一廳，設備簡陋，低矮老舊，併木的地板已有多處破損，原有一位同事與她合租，因遠赴臺北工作而搬走。這裡雖沒有英雄館舒適，卻是讓我免費住宿，我還有什麼好嫌棄的。

「我住在這裡，會不會增加妳的不便和困擾？」我有所顧慮地說，深恐有長舌的鄰居說些閒言閒語。

「放心，在這個現實的都市裡，誰也管不了誰，只要我們光明磊落，坦誠相愛，旁人又能把我們怎樣？既然要你住進來，一切責任與後果，我會自己承擔。」

「感謝妳，秋蓮姐，……。」

沒等我說完，她搶著說：

「什麼？你叫我什麼？」她笑著指著我。

「妳處處替人設想，就像一位大姐，那麼令人又敬又愛。」我解釋著說，「家鄉有句有趣的俚語：『娶某大姐，坐金交椅』，相信妳能理解它的妙趣。」

「我國校畢業就進入社會，經過三年四個月的學徒生涯，出師後輾轉大街小巷，待過好幾家大小理髮店，看過數以千計客人的嘴臉，認清了這個笑貧不笑娼的社會，嚐盡了人間的酸甜苦辣，冷暖人心，在某些方面感到不如你，就如同你是我的大哥哥；但在另一方面，我又比你成熟，就如同是你的大姐姐。」

「妳的比喻，讓我感到是在受業，所獲得的是在課堂學不到的知識。」

「先別誇我。我也坦白告訴你，社會上對女孩子從事理髮這行業，仍然懷著很深的偏見，他們認爲學理髮的都是一些沒出息的三八查某。」

「那是不公平的想法和說法。我一直相信，憑勞力賺錢的工作，都是高尙的。是否因爲有不肖的業者，偏離了方向，兼營色情按摩，讓人產生誤會和錯覺。」

「不錯，讓你給說對了。客人總會以一對色瞇瞇的眼光來看妳，來挑逗妳。日日春店面雖小，卻是正派經營，也吸引了許多純理髮的顧客。」

「社會就像一個大染缸，妳選擇自己喜愛的色彩，卻能不被其他顏色所汚染。秋蓮，從我們坦誠的言談中，彷彿是多年老友重逢時，那麼地令人雀躍歡欣，我們的愛鐵定會恆久：：：：。」

我們緊緊地抱在一起，而後，她仰起含笑的臉龐，讓我輕吻著她頰上的每一個角落。終於，我們同時尋找到對方愛的泉源；在我嘴裡，舌上、舌下蠕動的是她火熱的舌尖。而我只能猛張開嘴，吞下那溶合著愛的滴滴甘泉…………。

第五章

港外的漁舟已緩緩地歸航，
內心盈滿著幸福的笑靨，
心與心的交集是
永恆不渝的深情；
等待是美的，美若——
我心中的秋蓮…………

港都的春陽已映照在萬壽山翠綠的山坡上，是否任務已完成，少了一份精神上的壓力，我竟然睡過了頭。當我被窗外的陽光喚醒，秋蓮已備好了早餐，正在洗滌我昨晚換下的衣襪，我趕緊捲起衣袖，走到她身旁。

「秋蓮，我來洗，我來洗。」

她停了一下，深情地看看我。

「這點家務事如果做不好，能跟你回金門？快去刷牙洗臉，早點都涼了。」

我點點頭，卻露出了一臉茫然，彷彿已感應到了一個小家庭的溫暖，而那深情款款的女主人，是否眞能放棄繁華的都市生活，承受廿餘小時的海上顚簸，乘風破浪，抵達孤懸於廈門港外的純靜小島，與我共度幸福美滿的晨昏。此刻的美好，竟讓我心生懷疑，何以不敢面對眼前的事實，是深恐被玩弄，還是怕被擊倒？弱者，你的名字果眞叫男人！當幸福降臨在眼前，竟懷疑它的存在；如果幸福從指隙間溜走，是否能加速脚步，去追尋它！

桌上豐盛的早餐，與英雄館的饅頭、稀飯、豆腐乳，截然不同：在家裡，面對的是慈祥的雙親；在工作單位，是八人一桌的大餐廳；此時與她共享生平未曾有過的餐點，可貴的不是桌上的佳餚，也非不實的虛幻，而是上天賜予我的美宴。這份隆情盛意，已不是一聲庸俗的謝謝可交叉替代。我何來的榮幸，享受這份盛情，是前世修來的福份，得了善報；還是我們情投意合的兩相愛。內心似乎有好多好多的話想說，心頭一陣哽咽，只低聲喊了一聲：

「秋蓮……。」

「怎麼啦？」

我苦澀地搖搖頭，把椅子挪近她身邊，緊緊地握住她的手。

「我知道你的心情，離家久了，想家。對不？」

「不，秋蓮。我想妳！」

「想我？」她不解地睜大了眼，「我不就在你身旁嗎？」

「別人不能理解我此刻的心情，我心中，我腦裡，除了秋蓮，還是秋蓮。」

「傻小子。」她笑了。

我站起，走到她背後，雙手放在她的肩膀，俯下身，用乾渴的雙唇，在她那烏溜溜的髮上，輕輕地磨擦著，磨擦著。我們已越過幸福的邊緣，正在它的核心裡。

她猛而地轉過頭，凝視著我，水汪汪的雙眼，微紅的雙唇，小小的梨渦，清麗秀氣的臉龐，是我青春歲月最希冀的影像。而我心跳急促，雙頰滾燙，心想的是那蠕動的舌尖，是我的雙唇重疊在她唇上；而我的希冀和夢想，很快就在這愛的小屋裡實現。久久，久久，我們轉回客廳的沙發上，愛河堤畔的草坪，歇脚椅上那一幕幕的情景，不必摹仿，是兩顆心自然的悸動。甜蜜不會遺留在我們的齒隙間，而是隱藏在我們的內心裡。那相互吸吮的刹那，那相互擁抱的一刻。我誠然欠缺了那份柔情，經驗不足並非愚鈍，可貴的是，我把少男的初吻，獻給了心儀中的異鄉女孩。

我們無言地相對，激情過後內心已平靜，她起身收拾餐桌上剩餘的殘渣，女主人的胸懷，家庭主婦的熟練，只允許我旁觀、不許我插手。往後的日子呢？是否能保有此時的愜意和甜蜜。未來的時光、過多的揣測，並不能貼近實際人生，只在它的邊緣自尋煩惱。

她換上輕便的休閒裝，淡妝更襯托出她的清麗脫俗。走在她身旁，沒有情人般的瀟灑，卻有小弟的憨厚，能不能搭配成雙，並非以外表來衡量。倘若是小弟，也是一份單純的親情，內心將更坦然。世俗裡的雜念，絕不會從思維中湧起。

出門時，太陽已高掛天際，密集高大的樓房，阻擋了輕拂的春風，稀薄的空氣，鬱悶煩燥的心。

「小弟，這種天氣，」她看看我，無奈地笑笑，「算了，我們回家聊天，在家吃飯。」

我含笑地點點頭，她輕勾住我的手指，轉進鄰近的市場，雖然即將中午，來去的人潮依然不斷。她精挑細選，要求的是品質和新鮮，絕不討價還價，貪小便宜；一根蔥、一枚辣椒，總是誠懇的要店家一起結算。

提著滿滿的一袋魚肉蔬果。她輕挽我的左手臂，儼然像一對令人羨慕的小夫妻，而眞實的鏡頭，何日能拍妥上映？當布幕啓開，紅燭高照，我們將挽手，步向地毯的另一端，同揚生命之帆，航向未來，航向幸福的世界。

秋蓮的烹飪手藝，並非同齡女子可與她媲美。她說：

「在學徒的三年四個月裡，前二年幾乎是煮飯、掃地、幫老闆做家事，那摸得到客人的頭，日子雖苦，但確實學到不少烹飪與做家事的本領。」

「俗語說得好，吃得苦中苦，方爲人上人。如果沒有當初的歷練，一旦成了家庭主婦，再來學做家事，已是遲了一大步。」

「小弟，你看我會不會笨手笨脚的？」

「對自已的眼光，我一直充滿自信。這段日子的相處，雖然不能說有深刻的瞭解，但我們內心卻有所感；如果是二顆背道而馳的心，今天陪妳共進午餐的，不知是那位公子少爺，怎可能是一位傻傻的金門人？」

「別老是說自己傻，你在我眼裡，卻是純眞與樸實；英俊瀟灑的外表，口袋裡的金錢，就像花心蘿蔔，那麼地不實在。小弟，這就是我欣賞你、喜歡你、愛你的原因。知道嗎？」

「可是，秋蓮，我一直說不出欣賞妳、喜歡妳、愛妳的理由；但心中、腦海裡，卻都是你──秋蓮！」我笑著說。

「如果你戲沒唱完，就繼續唱吧，我洗耳恭聽；如果即將謝幕，我們準備吃飯。」

「戲剛開鑼，好戲也在後頭。」我走近她身邊，在她頰上輕輕一吻，「當然也得吃飯。」

她笑笑，瞪了我一眼，而端上桌的，卻是二餐也吃不完的佳餚。

「先講好，這餐飯也是對你的考驗，沒把菜吃完，證明我烹飪的手藝不行。」

「如果吃完呢？」

「無怨無悔伺候你一輩子。」

「這對我是最嚴酷的考驗。」我嚴肅地說，「不過爲了愛你，爲了肯定妳的廚藝，我一定吃完。」

「眞的？」她興奮而訝異地。

「不過……」

「不過什麼？」沒等我說完，她搶著說。

「妳並沒有限定時間與餐數，如果三餐吃不完，三餐定可解決。」我得意地笑笑。

「妳這輩子鐵定要伺候我。」

「先別得意，吃完再說。」她遞給我碗筷，隨即站起，「冰箱裡有啤酒，我們平分一瓶，誰也不能多喝。」

「既然想喝，就喝個痛快，爲什麼只平分一瓶？」

「有人借酒澆愁，愁上心頭；有人借酒裝瘋，辱上祖宗。人生這齣無聊戲，我看多了呢。」

「所謂人品，酒品：人品好，酒品當然不差；酒品好，人品一定不錯。對不？」

「其實，有時也得看場合、看心情、看對象，今天我們所擁有的美好條件，足可讓我們開懷暢飲。」

「妳準備重新洗牌，否定剛才的話。」

「不是否定，是暫時收回。」

「那麼現在的場合、心情、對象，秋蓮，我們該開懷暢飲？」

「小弟，只要你有雅興，奉陪到底！別以為你喝過金門高粱，想嚇唬我。」

「對了，」我突然想起，「提包裡有二瓶龍鳳酒，準備送給灣裡的杜大哥，如果妳有膽量，就開一瓶嚐嚐。」

「笑話，別看扁了我。」她神氣地，「我曾經有二瓶啤酒的記錄。」

我果眞回房取來龍鳳酒，雖然準備送朋友，但這卻是一個難得對酌的機會，我為她斟上了一小杯，她迫不及待地先嚐了一小口。

「甜甜的嘛。」

「後勁十足，不能喝太多。」我同時為自己斟上一小杯，而後舉起，「秋蓮，我先敬妳，既然有緣聚在一起，坦誠地面對，說多了那些庸俗的感謝辭，反倒成了虛僞。」我一口飲下小半杯，嘴裡雖是甜甜的，熾熱的臉龐，卻是我淡淡的鄉愁，是飲了故鄉香醇的美酒，還是面對著異鄉美麗的佳人。

她也同時飲下一口，嚐的是金門美酒的甜頭，而當唇香嘴甜過後，頰上已是彩霞一片，心想的是正人君子的人品，還是借酒裝瘋的酒品？當然，我們的心已有了默契，毋須自行設防。如果不是基於這份緣，我何能享有這份盛情。

「小弟，依你的吃法，這些菜五餐也吃不完，如果不加把勁，別後悔！」

「秋蓮，這是我人生中最富有、最有情調的一餐飯，倘若此生妳不伺候我，我也要牽著妳的手過一輩子。」

「嘴比龍鳳酒甜唷！」她笑笑。

「不，龍鳳酒那有我嘴甜。」我笑著，「當妳輕嚐時，人已醉了。而現在喝了三小杯，只不過紅了妳的雙頰，卻醉不倒妳。」

「難道這叫『嘴』不醉人，人自醉，喝了美酒偏不醉。」

我們情不自禁地笑出聲，而這笑聲裡，卻含蘊著幸福的笑靨，眞情的流露。未來的歲月是否能有如此美好的時光，內心裡是否能摒除歡樂後的失落感。

「倘若有一天，妳跟我回金門，秋蓮，我們將同時醉在彼此的嘴裡，何必藉酒來陶醉。」

「現在呢？」她舉起杯，「小弟，我們該如何醉法，是醉在嘴裡，還是醉在酒裡？」她說後，飲下滿滿的一小杯。

「別急著喝，待會兒眞醉了。」

「小弟，記住：你的人品好，我的酒品差；乾完了這一杯，還要下一杯。」她說完，帶著酒杯，逕自坐到沙發上。

我含笑地看著她，那微紅的臉，那淺淺的梨渦，那清麗脫俗的臉龐，那烏溜溜的長髮，那隨著呼吸而起伏的酥胸，還有那，令我終生難忘的香唇。

偏頭因酒精的發酵而不停地起伏蠕動，我提著酒，帶著杯，坐在她身旁。她雙眼緊緊地盯著我，凝視著我。久久，久久，依然沒有轉動眼球，睫毛直挺，而我呢？該爲她再斟上一杯，還是逃不過那對迷人的眼神。

「小弟，我已眞正領教了金門龍鳳酒的厲害。」

「秋蓮，我則醉倒在妳迷人的眼眸裡。」

「那麼，我是酒醉，你是人醉囉。」她轉頭，含笑地看著酒杯，「別把我想像得那麼完美。」

「完美是人對價値觀的認定。我內心裡，心靈上，只有妳——秋蓮！」

「但願我們都沒有看錯。」她拿起酒瓶，斟滿桌上的二只空杯。

「別再喝了，」我把杯子挪到一邊，「醉了，難受。」

「不，現在我們內心都無所牽掛和糾纏，如果同時醉了，也很坦然。將來如果一旦結婚生子，我會滴酒不沾，你也只能小酌。」她伸出手，讓我輕握住。

是的，在這難得的假期裡，神速的愛情中，爾後是否眞能實現雙方的諾言，該不會是來得快，去也快的泡沫愛情吧。雖然我們同時處在愛情的巔峰中，看得又高又遠，一旦摔下，我們會同時掉入萬丈的谷底，屆時將不是皮肉的疼痛，而是心靈的創傷。在我廿餘年的人生歲月裡，單純的環境，未曾讓我有機緣置身在愛的園地裡，享受青春時期的美好時光。投入在異鄉的這份感情，激情歡樂過後是一份強烈的失落感。身邊的異鄉女孩，給予我的是一顆赤裸之心？還是想玩弄我這個傻傻的金門人？在未來的歲月，該寄予厚望，還是處在昨夜夢魂中。

「不錯，秋蓮，此時此刻，正是我們最逍遙、最愜意的美好時光，但也不必去仿效古人的今朝有酒今朝醉，往後的日子還長呢？」

「話雖不錯，『往後』將是久遠，歡樂的日子將隨著你的假期而結束。我們沒有理由不把握現在。」她舉起了杯，「來！小弟，我們再喝一口。」

然而，她的一口，卻是酒杯將盡。原先頰上的雲彩，已密佈在臉龐的每一角落；一朵朵、一片片，是我心中燦爛的嫣紅。她微微地把頭斜靠在我肩膀，我放下未飲的酒杯，左手環過她的肩上，右手輕撫她微紅與熾熱的臉龐。她時而閉起眼，時而睜開，是期待著什麼？盼望著什麼？難道是浯鄉醉人的龍鳳酒，還是要聆聽一聲：秋蓮，我的愛。

她努努嘴，舌尖舔舔乾渴的雙唇，雙手勾住我的脖子，仰起頭，是她一聲柔柔的小弟，抑或是我深情的一聲秋蓮，我們的理智同時被情感所擊倒：是那山雨欲來風滿樓、還是兩顆熾熱不能冰凝的心已重疊。這是我的人品不好，她的酒品差？抑或是我們的兩顆心已熔化成一體，揉合在一個古典的世紀裡，那是傳統道德難以肯定與認同的一道關卡。

當我們同時甦醒，那是在她的房裡，在她那張雙人床單人睡的床舖上；而此刻則多了一雙手、二條腿、一付疲憊的身軀、一個想著未來、思著現在的頭腦。我們赤身裸露，薄薄的被單，軟綿綿的枕頭，躺著的是二個不同地域的少男少女。她腦中所思、我心中所想，已是不能挽回的基因。

我們重新依偎，再度纏綿，內心的甜蜜蜜，過後是二滴喜悅的情淚，我心中有她、她心中有我，已勝過永恆不渝的誓盟。

「小弟，你後悔了。」她俯在我耳旁，柔聲地說。

「不！」我堅決而果斷地說，而後輕撫她的臉，「妳呢？」

「永不！」

「我們沒有相互欺騙，我們彼此奉獻貞與純的完美身軀，秋蓮，妳高興嗎？」

「雖然我們背離了傳統，彼此奉獻最珍貴的貞操。但願你不要懷疑與猜忌，我對你的這片深情。儘管你必須回到海的那一邊，我卻甘心在山的這一頭等待。無情的歲月，總會遇到有情天，我們雖無『恩』可忘，卻有『義』在身，小弟，你懂嗎？」

「我懂，我懂。秋蓮，妳睜眼看看，我像一個無情無義的負心人嗎？」淚水已由我眼角的雙旁滴滴地滾下，「我已開始盤算歸鄉的日期，其目的不是希望我們早日分離，而是想著如何讓妳盡快回金門。」

「你放心，我絕對能克服一切，適應未來的新環境。坦誠的心才是眞實的，虛僞的假面具容易被揭穿。今天你我都做了最大的奉獻，也是永恆的承諾，願妳心中有我，我心中有妳。」

我們起身整裝，在床沿坐下。愛的滋潤讓她更嫵媚、更嬌羞。港都怡人的春陽已褪去金色的彩衣，夕陽也在半屏山那片光禿的坡上徘徊。港外的漁舟已緩緩地歸航，內心盈滿著幸福的笑靨，心與心的交集是永恆不渝的深情；等待是美的，美若我心中的秋蓮……。

第六章

春雨潤濕了乾旱的大地，
而我們青春時期純純的心田，
卻由愛液來滋潤；
雨有停的時刻，
愛是永恆不變的深情。
今生今世，秋蓮吾愛；
來生來世，我愛秋蓮………

港都的氣候，像極一位善變的少女心。昨天春陽滿地，金光遍野；今日則烏雲密佈，細雨霏霏。

我們已決定到臺南。原先是以灣裡拜訪友人杜大哥爲主，秋蓮卻建議回西港拜見她的父母爲先。雖然西港是臺南縣，灣裡是臺南市，但都必須抵達臺南車站，再另行轉車。

第一次出外坐火車，如果沒有她的引導，或許要被站內擁擠的人群所摒棄。長長的人龍，分等級的不同班次，不同的售票口，行色匆匆的旅客，誠然我年輕也識字，但張掛在售票口上的時間、班次、地點的大牌招，卻讓我眼花撩亂。原本秋蓮有意要搭乘公路局的班車直達臺南，我坦白告訴她，沒坐過火車，很想坐坐火車。她並未感到訝異，也未曾以有色的眼光笑我土。人生總有許許多多的第一次吧！不管好、壞、善、惡，在通過自我內心世界後，必須歷經難以忘懷的第一次。

她已由人群中來到我的身旁，拉起我的手。

「走，我們進月臺。」

通過剪票處，穿越地下道，這也是我此生未曾見過的景象，卻一幕幕如走馬燈似地展現在眼前。內心裡暗自好笑，如果沒有秋蓮的嚮導，一旦進入月臺，也會傻傻地望著列車，不知該在那一個車廂對號入座。

北上的列車已進站，我像小弟般地讓大姐姐牽著，她把靠窗的位置讓予我，以便利我瀏覽車窗外的美景。心情也彷若窗外青蔥翠綠的稻田，高大挺直的蔗園，那麼地令我心曠神怡。

列車平穩地疾馳在鐵軌上，通過平交道時，鳴起悅耳的汽笛。沿途我們並未作任何的交談；她閉目養神，我的視線卻在車窗外，雖然下著綿綿細雨，薄薄的霧氛也瀰漫山旁。但每過一站，異鄉的美景全印在我深深的記憶裡。

抵達臺南，我們又急著轉乘興南客運公司的班車到西港，而秋蓮的家住在新復村，必須再以三輪車代步。然而，雨卻有愈下愈大的趨勢，滿地泥濘，穿著雨衣的車伕，在斜坡的土路上，還必須冒雨推車。

「我的家是一個偏僻的小農村，純樸的民風或許跟金門十分相似。父母墾植一片小小的果園，養了雞鴨，培育蘑菇，一年的收成，足夠維持家計，不會讓他們有過重的精神負擔和生活壓力。」她輕聲地告訴我說。

「妳那麼冒冒昧昧地把我帶回家……」我有點不安地說。

「放心，放心。」沒等我說完，或許已深知我下面要說什麼，「爸媽雖然是鄉下人，但絕不是老頑固。」

我拍拍她的手，靦腆地笑笑。

「坦白說，他們對我的婚事又急又關心，相信我第一次帶回家的男朋友，會讓他們滿意的。」

「老人家不滿意也沒有辦法。」我笑著，「誰教我們自己先滿意。」

「時代不同啦，小弟，相信我們的滿意，爸媽也會認同和得意。油頭粉面的公子哥兒，在鄉下是吃不開的；忠厚樸實的青年，才能讓人肯定和歡迎。」

「妳的一番話，就像一顆定心丸，但他們會同意妳嫁到金門？」

「沒有你的愛，什麼都是問題；有了我們坦誠的相愛，一切都沒問題。知道嗎？」

「知道了，秋蓮姐。」

她含笑地白了我一眼。

新復村的村落不大，人口也並不密集，然而寬廣的田野，清新的空氣，綠油油的稻田，茂盛的果園，卻與都市裡的景觀，形成強烈的對比。

見過她的父母，當秋蓮做完簡單的介紹，讓我萬萬沒想到，竟是異口同聲地說：

「金門囝仔，好，古意。」

我極端誠懇又禮貌地向他倆鞠躬問好，這也是應有的禮數。雖然也爲他們帶來一點港都特產，但這些並非是構成歡迎的理由，他們相信女兒的眼光，對來自金門的青年沒有懷疑。

小雨過後，是綿綿細雨。我們同撐一把傘，順著屋後的小徑，來到剛除完草，鬆過土的果園，園內面積不廣，水果種類卻很多，除了常見的番石榴、龍眼樹外，其他如：荔枝、桃、梨、枇杷、楊桃、蓮霧……則從未見過。有些剛萌芽，有些已開花，已結果的卻等待成熟時採擷。這兒肥沃的土地，充沛的雨量，是浯鄉貧瘠的沙地，難以與它媲美的。

她一一爲我介紹，雖然自幼也學會一些農耕本事，但與果樹的栽培、果園的管理，卻是兩碼子事。我只能默默地聆聽，不能冒充行家。園內飼養許多雞鴨，尼龍網環繞著外圍，只允許雞鴨在園內覓食，卻不能容忍它們遠走高飛。

右邊是一棟草屋，一床床的菇菌，由竹桿支撐著，上面覆蓋著稻草，已冒出一個個褐色橢圓的頭頂，過些日子，當它頂開了覆身的稻草，也就是收成的時刻。這裡也非只是單一的果園，而是包羅萬象的農場。她雖然爲我作詳細的介紹，我實際裝進記憶裡的則非常有限。

「秋蓮，家中的農務那麼繁瑣又忙碌，伯父母怎捨得讓妳獨身在外工作呢？」

「他們一直認爲，不管從事任何一種行業，只要規規矩矩，憑勞力、憑智慧賺錢，總比待在家裡好，守在父母身旁的孩子，也永遠長不大。」

「妳在外工作已有好長一段時間，最大的收穫是什麼？」

「存款不多，爲人處事學了不少。唯一令爸媽高興的是帶回一位他們喜歡的男朋友。」

「他們喜歡，妳喜不喜歡？」

「不喜歡。」

「爲什麼？」

「因爲我心中只有愛：『愛』是肯定和永恆；『喜歡』是未經肯定的表象。」

「好厲害的伶牙利齒，我服了妳。」

「不服也得服，別忘了是誰叫我秋蓮姐。」

我們同時笑出了聲，卻驚嚇了覓食的雞鴨，它們一隻隻昂頭不敢走動，也不敢低頭覓食。細雨雖然淋濕了它們亮麗的羽毛，卻更惹人憐愛。看它們無爭無吵，逍遙自在；倘若我們是棲息在這園裡的雞鴨多好！沒有世俗裡的煩惱，見不到現實社會的冷眼，它們雌雄恩愛，孵卵育子，雖然最終要被老饕宰食，然而卻始終無怨無悔，任由人類滾水澆燙，拔毛剖腹，食入排出。

果園與住家，同在一個相距不遠的範圍裡，左鄰右舍遙隔得更遠。傘外的雨絲依然輕飄，傘內的人卻緊緊地依偎著，這小雨中的鄉村美景，並不能讓兩顆熾熱的心減溫，儘管來自不同的地域，卻沐浴在異鄉溫馨的懷抱裡。

我左手撐傘，右手緊緊地摟住她的腰，而在我胸前輕飄的髮絲，卻含蘊著淡淡的幽香——讓我沉醉，讓我想起，曾經在嘴裡蠕動的靈活舌尖；更讓我想起，我們酒後激情的溫馨時刻。然而，此處是與浯鄉相似的純樸農村，我們追求的是恆古，不是此刻，往後的日子還長遠哩。

遠方的山巒是白茫茫的霧氛。我也領略到春寒料峭的意境。傘下雖然沒有强風大雨，但在這片空曠的田野久了，倒也有些寒意。

「回家吧！」她仰頭看看我。「眞有點冷哩。」

「妳看，我們緊緊地摟在一起，只有溫暖，那來的寒意？」我拍拍她的肩，笑著說。她皺皺眉頭，扮著鬼臉，看看我：

「這些話是我秋蓮姐想說的，怎麼你先說出了口？」

「坦白說，在妳秋蓮姐溫馨的懷抱裡，雖然是春寒的雨天，內心裡卻如秋陽映照般地溫暖。」

「溫暖就好，如果見了面，冷得發抖，那才糟呢！」她捏捏我的手，而後柔聲地說：「雨雖不大，卻也沒那麼快停，滿地泥濘，令人生厭；今晚就住家裡，明天再到灣裡。」

「帶著男朋友回家住，妳爸不揍妳才怪。」

「房子那麼大，房間那麼多，你操那門子的心，我們又不是要睡在一起。」

「我倒希望。」我輕聲地說。

「希望什麼？」她不解地問。

「睡在一起呀！」

「有膽？」

「開玩笑啦，秋蓮姐，我那來的膽量。」

我們笑著停止了戲鬧。是否要在這個純樸寧靜的鄉村住一晚，已由不得我來做主。一切得由我心中的秋蓮姐來決定。她當然想住下，這是生她、養她、育她長大的家，嚴父的關愛、慈母的光暉，而我的家卻在海的那一邊，此刻雖能與她同沐慈暉，領受家的溫暖。然而我思鄉的情懷，卻在此刻强烈地顯現。想起在炮火中的家鄉，想起含辛茹苦、白髮蒼蒼的爹娘，我熾熱的心隨即冰凝，在零下的低溫裡冬眠。異鄉女孩的父母，雖然投予我關愛的眼神，也以熱誠之心來迎接我；那畢竟與自己的父母有所不同。誠然，我將來有幸能成爲他們的半子，而半子終非兒子，它還是存在著一段距離。只要歷經其中，任誰也不能否認。

略近傍晚，幾聲震耳的春雷震憾著大地，雨勢愈來愈大，雖然講好在此過夜，面對的也是她的家人。儘管以熱誠豐盛的晚餐來款待我，餐桌上也沒有詢問那些煩人的家庭背景關係，僅憑「金門囝仔」四個簡單的字，足可讓他們安心地把女兒的幸福托付予我。在這個變幻莫測的愛情園地裡，我也絕不會昧著良心，做一個無情無義的負心人。尤其是我們尚未取得合法的准演執照，戲卻已上映；我們坦誠地裸露，不設心防，沒有懷疑，有的是兩顆心的默契，一份必須歷經歲月考驗的誓盟。所謂的人品，酒品，針對的不是自己，而是那些庸俗的人們。人品酒品的相互揉合，卻奠定了我們愛的根基。

雨天的夜，似乎也提早降臨在這個寧靜的農村。農人更有早起早睡的習慣，都市裡華燈正初上，鄉村卻是一片寧靜，屋簷下的滴水聲，依然滴噠、滴噠落不停。她的家人已各自回房，我們也捻熄了大廳的燈光，來到她爲我安排的房間裡。她坐在床上，我在書桌旁的靠背椅坐下，遙對著窗外漆黑的曠野。

「眞不好意思，秋蓮，打擾了伯父母。」我滿懷歉疚地說。

「還不好意思？老爸老媽都已做好心理準備，要把女兒送給你啦。」

「眞的？」我雖然不敢懷疑這份轉口的承諾，心中卻有受寵若驚之感；是否她已告知了父母一切，包括我們綣繾纏綿的那刻。我將快速地把這份喜訊帶回金門，稟告我的雙親，讓他們蒼老的心田，滿佈皺紋的臉龐，同沾這份喜氣。

「小弟，難道你不祈望這則喜訊的來臨，它的快速或許讓我們同感驚訝。」她從床沿站起，走到我背後，俯身在我耳旁，「我會無怨無悔地跟你回金門。」

我猛而地站起，緊緊地把她摟住，窗外雖是一片漆黑，但異鄉的雨夜更祥和，屋內的燈光映照在二片火熱的心田。我們已不能面面俱到，顧慮凡間的點點滴滴，是否該捻熄惱人的燈光，讓室內也漆黑一片；是否該閂緊門窗，讓門外聽不到我們的喘氣聲。而我所思，卻是她所想。燈光已熄，門窗已緊，我們更無懼於一切，雨夜的祥和，鄉村的寧靜，急促的呼吸，低聲的細語，纏綿後的再纏綿，激情已勝過人品，這是愛的顯示、眞情的流露；與地域、與純樸、與人品、與酒品，都沒有絕對的關係。如果沒有愛的根基，用暴力、用脅迫、用甜言蜜語、用那虛僞不實的猙獰手段，張開滿嘴獠牙，血腥的雙手，誠然滿足了獸慾，終將讓時代與社會所唾棄。

我們的感情是快速而不是慢拖，我們內心所感，不是激情過後的歡娛，而是要終身廝守在一起，彼此付出的，彼此默守的，是我們人生最珍貴的第一次。

雨勢已非綿綿，春雷數度響起，她以我的手臂爲枕，我輕撫著她腮旁的豆大的黑痣，輕吻她激情過後熾熱如火的香唇，柔情地低喚著：

「秋蓮，秋蓮。」

她疲憊的身軀已在我的臂彎裡熟睡了，而我們是否能就此相擁相抱地睡在一起，傳統上的道德包袱，已從我尚未入眠的思維掠過。

「回房睡吧，秋蓮。」

她似聽非聽抱得我更緊，門裡的聲音已被屋外的雨聲取代。春雨潤濕了乾旱的大地，而我們青春時期純純的心田，卻由愛液來滋潤；雨有停的時刻，愛是永恆不變的深情。今生今世，秋蓮吾愛；來生來世，我愛秋蓮…………。

第七章

火車快速地奔馳在鐵軌上，
猶如已逝的人生歲月，
昨夜始與秋蓮共度良宵，
此刻卻倍感遙遠。
人生許是歡樂與
　　痛苦交錯而成的，
茫茫大海，杳杳天，
始終沒有給我完美的答案⋯⋯。

我們冒雨離開了新復村，臨行前，她父親緊握我的手，凝視我的依然是一對閃爍著關愛的眼神，慈祥的臉龐，與我的父母沒兩樣；不善於用言辭來表達，一切盡在不言中。她的母親卻低聲告訴我：秋蓮是一個善解人意的乖女孩，要我們好好「逗陣」。我以赤誠之心，含笑地向他們稟明，並沒有用庸俗的誓言來替代。華麗的辭藻，難以在我體內衍生、啓口。

三輪車停在興南客運公司西港的站牌前，滿地泥濘，低窪處濺起的水花，離情的依依，落不停的春雨，種種因素使然，讓我們歡怡的思緒隨即降溫。

在這個臨山的鄉村裡，務農的居民較多，穿著也簡單樸素，少男少女走在一起，也沒有城市裡親蜜浪漫的歪風。然而，我們從港都帶來的那一套並未摒除，依然牽著手，在候車亭裡依偎著。是捨不得別離又必須分離的日子已臨？是我們的心已纏綿綣繾成一團。在相互牽手的時刻，才能讓血液分離出的因子相連結？許許多多的疑問在內心裡盤旋，而答案卻始終在遙遠的深邃裡。

抵達臺南，我們隨即跨上到灣裡的客運班車。雖然它隸屬臺南市，卻是在南區的市郊，臨海的一個里。沿途是一片片未經開發的荒地，老舊的公車，顛簸的路面，臀部隨著車速的躍動，已失去了坐的舒適感。幸好，灣裡路就在眼前。我們按址找到了曾經在金門服役的友人——杜大哥。在事先未曾告知與連絡下，冒然地來訪，他的驚喜可想而知。我簡單地告訴他來臺的原因，也介紹秋蓮與他認識。

「秋蓮是你們同行，高雄日日春理髮廳的師傅。」

「什麼時候認識的？怎麼信上從沒提過？」

我與秋蓮同時笑笑，不好意思告訴他剛認識。儘管在金門時期是無所不談的朋友，來往的信件也頗繁，但惟恐讓朋友取笑這份速成的愛情，始終難以啓口。

秋蓮隨即與店裡的師傅隨興交談，時而穿插一些行內的術語，有說有笑地打成一片，完全沒有時空與地域的隔閡。

中午在杜家享用了一頓富有灣裡風味的虱目魚大餐：肉鮮味美，佐以雙鹿五加皮酒，讓人口感十足。難得遠從千里的金門來會老友，理應要有多喝兩杯的心理準備，但因與秋蓮同來，如喝得滿臉通紅，飄飄欲仙，酩酊大醉，語無倫次，一旦失態，恐將讓友人與店內衆家師傅取笑。因而，我拿捏了分寸，朋友雖然盡地主之誼，時加勸菜勸酒，但我始終謹守著，不敢忘懷的恰到好處。

在秋蓮離座時，他重問起與她交往的經過，我不能再以謊言掩飾、欺騙朋友，坦誠地告訴他一切的經過。

「剃頭查某，我看多了，無情勝過有情，你自己小心。」他提出善意的忠告。
「她看起來乖乖的，不像一些三八剃頭婆仔，人人好。」我替自己辯解著說。
「臺灣沒有金門單純，環境複雜，人也複雜。」
我默默地點點頭，神情凝重地接受他的忠告，久久，卻不知該如何回應他。
「其實，也許是我多慮了。」他見我久久不語，喝了一口酒，「好女孩也不少，先做做朋友。」
誠然，我也曾經對這份速成的愛情疑惑過，但彼此已做了此生最大的奉獻。尤其我們不用脅迫、不用暴力、不用誘惑、不用金錢，更未曾使用過虛僞的花言巧語；一切源於內心、源於自然、源於我們愛與愛的相互蠕動、重疊。是否剃頭查某無情總比有情多？必須歷經歲月的考驗。
門外有木屐的聲音走近，進來的是一位口嚼檳榔、唇角滿佈紅灰、留著時下最流行的髮型——「烏肉媽股」，足登棕蓑木屐、衣著隨便的青年。
「大吔，店內那幼齒當時來吔？眞水！」他逕自坐下，倒了一杯酒，「有人客？」
「金門來的朋友。」杜大哥瞄了他一眼，冷冷地說。
「啥咪？金門來吔，」他舉起杯，對著我，「乾一杯，乾一杯！」

「老馬，金門朋友酒量不好，隨意喝。」杜大哥拉下臉，含著一絲警告的語氣。

「馬先生，我敬你。」我趕緊舉杯，打了圓場，以免氣氛鬧僵。

「乎乾啦！」他一口飲盡，站起身，重重地說了一聲，「慢用！」轉頭就走。

我禮貌地站起，朋友卻頭也不抬，懶得看他一眼。

「好吃懶做，不務正業，煙、酒、檳榔、查某、賭、騙吃騙喝、騙財騙色，向酒家、妓女戶收保護費，剛從火燒島管訓回來，仍然不知悔改，變得更大尾。」

「鱸鰻？」我脫口說出，心裡卻有點兒發毛。

「不怕死，手段殘忍，以『扁鑽』、『三角虎』稱王。」

在我們純樸的家鄉，並沒有所謂的流氓、地痞存在，軍管與戒嚴地區，更由不得你擁有刀械。雖然它造成居民某些方面的不便，但卻讓惡人無法存身，保有一片純淨的土地，一個蔚藍的蒼穹。

秋蓮走了進來，看看我。

「小弟，老友也重逢了，雨也停了，我們準備上路吧，以免太晚了。」她說著轉頭對著朋友，「杜大哥，你也很忙，我們已在這兒打擾了好幾個小時了，耽誤你不少時間。」

「不必客氣，老兄弟遠在金門，來一趟也不容易，住兩天再一起走。」

「承辦這份業務，或許每年都有機會來臺灣。下次再來吧！」我做了一番解釋。

「秋蓮小姐，如不嫌棄這裡是鄉下，歡迎妳到我店裡來工作；這裡生意不會比高雄差，離家也近。」杜大哥看看我，又看看她，誠懇地相邀。

「謝謝你，杜大哥，將來有機會一定來效勞。」她含笑地向他點頭致謝。

「坦白說，秋蓮，我是樂觀其成，杜大哥是我多年老友，除了離家近，也多一份照顧。」

她笑笑，並沒有肯定地表明。

我們相繼地踏進店裡，等候理髮的客人實在不少，十幾位女理髮師穿梭忙碌著，這兒雖是市郊，居民對儀容卻相當講究。從大鏡子的反照中，我發現老馬正在「吹風」，而不巧，我們的視線卻重疊在一起。

「金門小兄弟，要回去了？」他轉頭說著，眼睛卻瞪住我身旁的秋蓮。

「老馬，再見。」我禮貌地向他點點頭，擺擺手。

「稍等，稍等。我有車，送你們到臺南車站。」他站起身，接過理髮師手上的梳子，自行梳梳未吹妥的髮絲。

「謝謝你，不好意思麻煩你，我們坐客運公車。」

然而，他卻一再堅持，是熱誠、是眞心，還是不懷好意？人心隔肚皮，我也不能妄加揣測。雖然已從杜大哥口中得知是「大尾」的「角頭兄弟」，但他卻無懼於他，這或許與地緣有絕對的關係。杜大哥在灣裡土生土長，看過形形色色的人，似乎並不把老馬看在眼裡。

「沒關係，老馬一番好意，」他强裝笑臉，白了他一眼，「我陪你們到車站。」

老馬把臉一沉，不悅地對著他說：

「大吔，你忙，我來送，無代誌啦！」

「金門的朋友難得來一趟，大家逗陣到市內走走。」

老馬不再說什麼，縮著脖子，嚼著檳榔，雙手揷在褲袋裡，腳下的木屐，發出喀喀、喀喀的響聲。我們是否遇到了麻煩？也同時給朋友增添了麻煩。店裡所有的目光都投向我們，這種場面，是我難以應付、也無從應付起的大難題。杜大哥向我使了眼色，秋蓮輕挽著我的手臂，有他的護送，倒也讓我們放下一顆難以承受的心。

老馬開的是一部老舊的裕隆車。他發動引擎，搖下左邊車窗，「呸」的一聲，吐出一口棗紅的檳榔汁，踩下油門，鬆了離合器，猛按喇叭，以時速八十駛離了灣裡。沿途誰也沒有開口講話，雖然享受高速度的快感，卻更害怕被撞死在異鄉，找不到完整的屍首。

臺南，對我是陌生的，我也不清楚老馬要把車停在何處，但在我意識裡，不是我們曾經轉過車的車站。

「大吔，金門小兄弟，第一次來臺南，我帶他到『新町』轉一圈。」他停好車，吐出檳榔渣，用手抹抹嘴，笑著說。

「你有神經病啦，我的朋友不像你『老豬哥』，人家女朋友在這裡，你要帶他逛新町？」杜大哥氣憤地指著他。

「嘜罵我，我是好心好意，讓他見識見識，不是要帶他去『開查某』。」

「嘜來這套！」

「大吔，頭殼開通一點，我老馬雖然是歹子，但是你的朋友也是我的朋友，我不會陷害伊！」

「伊是一個規規矩矩的讀書人，這款邋遢所在，無適合伊去！」

「大吔，面子相顧，我是非常尊敬你的；但是你也不要忘了，這個所在是誰的地頭！」

「你老馬這套，我看多了，唬不了我！」

「大家試看嘜！」

「隨你便！」

我呆若木雞地看著他們因我而爭吵，秋蓮神情凝重地走到杜大哥面前，低聲地說了幾句，我聽不清楚的話，而後轉向老馬。

「歹勢啦，馬大哥，汝吔好意阮知影，他難得來臺灣一次，沒見過世面，你就帶他走走看看吧。」

她看看我，適時地把我推出去，來化解這場紛爭。然而，我知道，新町是臺南有名的風化區，老馬雖然好意要帶我走走看看，而我能去嗎？能到那種地方去逛逛嗎？我的心已給了秋蓮，相互承諾的是忠貞不渝，永恆深情，任憑走走看看，也非我所願。

「還是秋蓮姑娘會做人。」老馬說著，走到我身旁，拍拍我的肩，「免驚，免驚，新町是我老馬的地頭，保證讓你爽，走！」

我的心彷彿被針刺般地難受，我深知秋蓮的用心良苦！如果不是她適時地打了圓場，紛爭勢必繼續擴大，誰也不能預測會有什麼似樣的後果。道上兄弟往往爭的是面子，已非古代的江湖義氣。

秋蓮看我紋風不動，杜大哥也氣呼呼地站在一邊。她拉拉我的衣袖，輕輕地推了我一下：

「馬大哥的一番好意，你就跟他去轉轉。」她笑著，擰了我一下腿，輕聲地說：「什麼該做，什麼不該，你心裡明白。」

「老馬，話先講前頭，二十分鐘不帶他回來，你背（爸）就跟你不客氣。」

「大吔，會啦，會啦，嘜氣啦！」他嬉皮笑臉地拉著我走，而後又轉回頭，「大吔，像你這款老頑固，新町的查某會餓死！」

走了一段路，大街過後的一條小巷，我已看到白天依然旋轉的綠燈，《白宮》、《夜巴黎》、《江山樓》……一一出現在眼前，跟隨他一家家地進進出出，所到之處，穿著薄紗、抹著脂粉的姑娘，沒有不必恭必敬，送上秋波，陪著笑臉，柔聲地叫著：

「馬大哥。」

然而，他並沒有把她們看在眼裡，愛理不理，神氣十足，高聲地叫著姑娘們的花名，阿花、阿桃、阿英、阿枝、……大聲吼叫。

「阿梅仔，叫妳阿母出來！」他指著一位姑娘，尖聲地說。

房內隨即走出來一位打扮入時的中年婦人，肥胖的身軀，緊身的旗袍，畫眉抹粉又塗了深紅的口紅。

「哎唷，老馬，帶朋友來呀！」她哈腰作揖，咧嘴强笑。

「秀春姨仔，妳給我聽清楚，金門來吔朋友，看到查某臉會紅的『在室男』，叫水姑娘仔準備紅包！」

「阿美仔，有聽到嘸，準備按內，我江山樓的查某，妳最水，好好招待，人客如不滿意，小心妳要皮肉受苦！」

聽完她的話，我的臉龐火熱，耳根滾燙，站也不是，坐也難安地想往外衝，然而，我沒有往外衝，保持了適當的沈默，終於我忍不住：

「老馬，這種玩笑不能開，你說過只帶我走走看看而已。」我近乎以哀求的口吻說。

「嘜假，嘜假。我是過來人，十八歲就在外面混。」他揮揮手，笑著說。

「你是杜大哥的朋友，我也該叫你一聲馬大哥，我沒有本錢開這種玩笑。」我嚴肅地說。

「嘜緊張，嘜緊張。阿美仔來你就栽(知)。」

「馬大哥，拜托，拜托，我們走吧。」我再三地懇求。

他燃起一支煙，猛吸了幾口，搖搖頭，而迎面走來的是一位難以形容的神女，我深恐會被她一把拉住地依在老馬身邊，沒有看她的意願和勇氣。

「少年吔，嘜臉紅，我阿美仔是人客公認的新町水查某，紅包在這裡，不會讓你吃虧的。」

我連看她一眼的勇氣也沒有，新町的水查某又與我何干。我拉住老馬的手，內心是一股無名的羞恥感和憤怒感；然而，我還是忍下，忍下老馬的這番「好意」。當那位阿美仔走過來拉我的時候：：：

「走！」老馬向她揮揮手，「我金門小兄弟對妳『賣甲意』（不中意）。」

走出江山樓，我心有餘悸地對老馬說：

「謝謝你，馬大哥，你除了帶我走走看看，也替我解了圍。」

「查脯郎出外，不要龜龜毛毛，你不跟進房，難道她會在門口脫下你的褲子。」他理直氣壯地，「我老馬在新町不是混著玩的；一聲口哨，三、五十人隨我呼喚。當然，對杜老大，我是容忍再三，因爲他幫過我的忙，有恩在身。」

我不想，也不願意和他繼續談下去。出了巷口，轉進大路，杜大哥和秋蓮面無表情地站在車旁，我苦笑向他們擺擺手，示意沒發生什麼事。

「大吔，無代誌，無代誌，安心啦，安心啦！」他說著，開了車門。

「老馬，你記住，卡差不多吔！」杜大哥瞪了他一眼，依然氣憤地說。

我扶著秋蓮上車，她深情地看看我。看看我的臉色是否已蒼白？看看我的人品是否已迷失在新町的綠燈裡？此刻，我也不能提出任何的解釋，袋裡依然沒有兩樣，絕不會多出一個變色的紅包。請相信我，秋蓮！

我們在臺南車站下車，右邊是公路局臺南站，左邊是客運總站。當我伸手向杜大哥握別，彼此心照不宣，盡在不言中，而老馬那對三角眼，卻是色瞇瞇地凝視著秋蓮。是否狼來了，狼已在我們身旁，正俟機想吞噬著我們的靈魂，還有身軀。

「秋蓮小姐，你在高雄那一家理髮廳啊？」老馬問。

「日日春，靠近十三號碼頭，歡迎馬大哥來玩。」她坦誠地相告。

「好，一定來捧場！」他擊了一下掌心，高興地說。

我們同時揮手向他們說再見。心存的，從思維掠過的，彷彿親眼目睹一隻狼，那麼地令我茫然不知所措。是否我多慮了，多心了：：：：。

牽著秋蓮的手，穿越地下道，我們佇立在通往火車站的大門口，背後是新建的臺南大飯店，不是上下班的尖峰時段，一切顯得冷清多了。

「坐火車？」她問。

「隨便。」我冷冷地。

「怎麼了，不高興啦？」

「如果留在西港，不來灣裡多好。」

「爲什麼不說，如果不遇上那個姓馬的，該有多好。」

「或許，我們遇到的是一匹狼，而不是馬。」

「別盡想些不愉快的事。」

我們緩緩地移動脚步，沒有來時的愉悅，卻有離時的淡愁。火車快速地奔馳在鐵軌上，猶如已逝的人生歲月，昨夜始與秋蓮共度良宵，此刻卻倍感遙遠。人生許是歡樂與痛苦交錯而成的，茫茫大海，杳杳天，始終沒有給我完美的答案：：：：。

第八章

再會吧，港都！
愛河潺潺的流水，
低垂的柳樹，
萬壽山怡人的景緻，
西子灣微微的春風，
難與我心中的
秋蓮相媲美……。

在我們人生的旅途裡，在那光輝燦爛的時光裡，我們不能輾轉回頭，默數已逝的青春歲月。深踩的泥脚印，也早已被茫茫的未來遮掩住。

短暫的假期，即將尾隨愛河的流水，流進大海，而後消失得無影無蹤。

明天即將離開港都，任務的完成，讓我獲取寶貴的經驗，別離了秋蓮，彷彿讓我失去了更多。

今晚，港都的夜空繁星閃爍，明月皎潔，我們沿著十三號碼頭的圍籬旁，沿著愛河的堤畔，步履蹣跚地躑躅著，是想重尋初識時的歡樂時光，還是捨不得離開這片曾經用愛滋潤過的土地。我們已同時感染了這份別離的淒然況味，相互牽著的手，已不是純純的友誼之手，而是推動愛情的手。誠然，一雙是含有皀香的纖纖玉手，一雙是沾滿紅壤土、含著砲火煙硝的粗壯之手；當他們的心與心相吸，軀體重疊，山的那一邊已成海的這一頭。不同的地域，不同的習俗，已不能阻礙兩顆心的再重疊，當黎明的鐘聲響起，幸福的脚步將逐漸地走近我們。是否能緊抓不放，把握住生命中的分分秒秒，還是讓這份得來不易的情感，與我同時漂流在歸航的海域裡？她將流向另一個感情的世界，我則願意葬身在這深深的大海裡。

懷疑，或許是一切感情的絆脚石。但是否能讓我們處處充滿信心和希望，樣樣美好不醜陋？然而，我們身處的卻是一個變幻莫測、時時讓人憂心的社會，沒有被欺騙的本錢。如果受到傷害，則永遠不能復元。我的心情彷彿跌入到深深的谷底，是否能閃避身旁的荊棘、纏身的籐籮、尖峭的頑石？這齣已啓幕的戲，是悲劇？是喜劇？它的責任在編劇，未來的命運也必須由他來定奪；演員只能依據劇本，以及導演的執導風格和理念，發揮所長、盡情表演，跟著劇本裡的人物一起哭、一起笑；當劇終的鈴聲響起，觀衆的脚步走遠，留下的是一片令人心悸的空寂。

我們不重做任何選擇，不想走更遠的路，更不願把僅餘的這段美好時光，在惡劣的心情驅使下，讓它無情無義地，由愛河北堤的樹梢上掠過。白色的歇脚椅，剛走了一對情侶，我們迅速地佔有它，脚下翠綠的草坪，已被踐踏成一片萎黃，混濁惡臭的河水，已被身旁幽香撲鼻、清麗可人的秋蓮取代。路燈已淡，河水裡的波光，是臨近高樓所映照。青春熾熱的血液，已在我們體內奔馳，心存的已不再是即將別離時的落寞悲傷，而是緊緊地相依偎，如能不分離，此生將無憾；然而，愛河水只潺潺地流過、春風也只吹過楊柳葉，答案卻隱藏在我們的深心裡。

我們緊緊地牽著手，別離的凄然況味依然鎖住心頭，時光卻從沈默中走遠，再也不能忍受不該在此時沈默的寂寞。體內、體外，雖然不是神祕新鮮的第一次，則依然存著永恆不變的深情，彼此是自然的奉獻，愛的最高昇華。我的血液已流過她的血管，軀體有她愛的滋潤，今生今世，將無怨無悔地帶她回金門。短暫的別離，將換取永恆的相愛。

輕撫她斜依在我胸前的髮絲，以及她腮旁的小黑痣，在夜裡看不見的小梨渦。當我的手停留在她跳動急促的心上，當我的手游動在她上下起伏的胸前，愛河的夜已被我們體內燃燒的火焰所熔化。如果一吻能定終身，愛是不變的誓盟，我們將同時擁有一片美麗的大地。

她沒有拒絕我的熱吻、手的游動，緊緊地抓住我的衣裳，我摟緊她的身軀，微微的春風，夜裡的冷意，吹不熄、煽不涼沸騰滾燙的血液和心田，而那滴滴淚水，已非綿綿春雨，是心靈中難以承受的淒風苦雨。

「怎麼哭了呢？」

她的理智已隨著滿溢的淚水而崩潰，雙手摀住我的雙鬢，火熱的香唇在我臉上的每一個角落狂吻著，鹹鹹的淚水，已不能幻化成我心中的甜蜜蜜，而是滿嘴的苦澀。

「不要忘了我們的相互承諾。」她幽幽地說。

「誓言只是美的代名詞，金門人信守的是情和義，相信我們的愛禁得起考驗。」我輕理著她那長長的髮絲，低聲地說。

「如以時間的長短來衡量，我們的進展似乎不可思議，不管是今人的安排，古人的媒介，都必須珍惜。」

「我們都能理解彼此的心態，爲了長遠，必須暫時的分離；爲了幸福，必須付出痛苦的代價。」

「什麼時候再回來？」

「很快會給妳好消息，來一趟雖然不容易，但我會想盡辦法，絕不會丟下妳不管。」

「如果眞那麼沒良心的話，也只好認命。」

我搖搖頭，卻搖不掉那即將分離時的淡淡輕愁。

「相信我，秋蓮，我珍惜這份情和愛，猶如珍惜自己的生命。」

「我們內心都有相同的感受，雖然彼此做了最大的犧牲和奉獻，但別忘了，女人付出的代價遠勝過男人。」

「在我廿餘年青春歲月裡，想不到遲到的愛神，賜予我的竟是夢想中期待已久的秋蓮。不管未來的路途多遙遠、坎坷，帶妳回金門是我永恆不變的心願。」

「縱然歲月染白了我的髮絲，風雨腐蝕了我的身軀，小弟，我情願等到這一天的到來。」

我點點頭，緊握她的手。明日即將別離的陰影，已暫時在我們內心裡遠離；該說的似乎已說完，不該說的留待以後再詳談。港都的夜已深沈，愛河畔，柳樹下，成雙成對的情侶依然陶醉在彼此的濃情蜜意裡。

「夜已深了。」她站起身，拉著我的手，「我們回家聊吧。」

我隨即站起，右手環過她的腰際，明月尾隨在我們的背後，如果沒有兩顆熾熱的心，倒也有些寒意。

步上臺階，回頭看了愛河今晚最後的夜景。再會吧！愛河，不久的將來，我們仍將投身在妳多彩的河畔裡、歇脚椅上、楊柳樹下的濃情蜜意，是此生難忘的記憶。

在夜市的小攤上，秋蓮選購了一些鹵味。

「家裡還有半瓶龍鳳酒，我們邊喝、邊吃、邊聊。」她高興地說。

「別忘了，我們的酒品都不好。」我笑著說。

「雖然人品是生命中最寶貴的一環。然而，當我們對酌的時候，是由兩顆眞誠的心，以愛爲基點，沒有隱瞞和欺騙；自然地裸露，彼此珍惜生命中最美的一刻，因而，我斷定，我們的酒品不差，人品更好。」

「明天就要分離，今晚就聊個通宵吧！一旦上了船，好睡覺。」

「不管是通宵，或是夜半三更，我秋蓮姐奉陪到底，誰想睡，誰倒霉！」

然而，我們眞有那麼多話好談好聊的嗎？眞有雅興和海量平分半瓶龍鳳酒？還是藉酒壯膽，重溫舊夢？誰也不理解彼此內心所思所想。彷彿已是一對恩愛的小夫妻，彷彿是一對歷經戰亂分離又重逢的老情人。滿懷似水柔情，對著滿腔沸騰的熱血。果眞，我們已打破了世俗的禁忌，追求心靈上的眞善美，不必理會旁人投以異樣的眼神，雖然難以被涪鄉純樸的民風接受，但只要我們相愛，沒有憂人的事端和紛爭，並非不能獲得認同。

她把鹵味擺放在小茶几上，小小的酒杯，斟滿著棗紅的液體。

爲我們未來的幸福乾杯！

爲我們永恆不渝的愛情再乾杯！

「小弟，美好的時光盡在不言中，但那畢竟是短暫的，往後的幸福歲月，仍須自己來開拓。」

「秋蓮，我內心已有所感，幸福已在我們眼前，任憑插翅也飛不掉。」

「我們都已長大成人，也經過許許多多的歷練，但願永遠不會有被騙或受騙的感覺。」

「騙人感情，永不超生。金門的環境較單純，而妳置身在這個充滿暴力與色情的都會裡，讓我感到憂心。」

「只要你一句話，我隨時隨地願意離開，回到西港的家中等你。」

「如此的犧牲，似乎大了一點。十餘年來，妳仍能潔身自愛，處在這個令人心悸的社會裡，實在可貴。我尊重妳的職業，更敬佩妳有高尚的情操。我希望的是能快一點帶妳回金門，不是要妳放棄這份職業。」

「人的可貴處，就是不自私、自利、彼此相互尊重。」

「不錯，這也是一個和諧美滿家庭，所必備的條件。」

「小弟，如果未來能像我們此刻所思、所想、所言，其他的，還想企求什麼？」

「不，人永遠是不會滿足的。當我們有了家，會想到要有孩子；有了孩子，會想到要讓他生活在一個幽雅的環境裡，享受高水準的生活品質、受最完善的學堂教育。也因此，可考驗一個人對家庭的認知和肩負的重責大任。」

她微微地點點頭，柔和的燈光映照在她充滿幸福的臉龐。腮旁的小黑痣，唇角邊的小梨渦，已隱藏在我深深的記憶裡。

「家是一個共同體，仰賴雙方相互扶持，而非單方面的責任。」她極端嚴肅地說，而後在我腿上，輕輕地拍著。

我笑笑，久久地凝視她那微紅的臉頰。當我們的視線重疊，那彎彎的眉、長長的睫毛、高挺的鼻樑、茯苓般的薄唇，彷彿在告訴我，一個久遠的故事。

「從我們認識到現在，彷若一場美夢；當明兒旭日東昇，道聲珍重和再見，是否就是我們夢醒的時刻。」

「相信我們有勇氣、有信心，繼續追尋生命中的美夢。小弟，別忘了，美夢總有成眞時。」

「但願我們生命中的美夢，永不中斷，永不甦醒！」

她把頭斜依在我肩上，我的手環過她的肩膀，彼此凝視著對方，無言地沈默著。

「如果人世間，沒有悲傷，沒有分離，該有多好。」她幽幽地說。

「月有陰晴圓缺，人有悲歡離合，此事古難全。古人的詞典，讓現代的我們感同身受。」我低聲地說。

「明天，你就要離開港都回金門。再見面，不知幾時？如果把這美好的時光，浪費在心靈上的低氣壓裡，小弟，我們會後悔的。」

「是的，我拉起她的手，「我心中永恆的秋蓮姐，這是我們同處港都的最後一夜，現在已是夜深人靜時，我們心中的良宵已短。」

「來，」她舉起杯，「我們再乾一杯，祝君平安回金門！」

「算了，別再喝了，不要忘了我們的酒品差。」

「果眞能醉倒在你懷裡，永不甦醒，我也甘心。」她放下酒杯，把頭深埋在我胸前，我輕撫她烏黑細長的髮絲，一遍遍，一遍遍，而後，低聲柔情地喚聲：

「秋蓮。」

她並沒有回應我。是否眞醉倒在我懷裡，永不甦醒，還是期待著我深情地摟抱和擁吻。然而，這並非是我們內心激情的第一次，肉體的相互碰撞、心與心的重疊，已燃盡我們熾熱的火焰。倘若有一天，宇宙不再有光和熱，冬雪是否能冰凝我們心中的那團火。我們緊緊地吮吸著，一再享有蟲兒般地蠕動、游移不斷的手，未曾停留在任何一方。心中所感，依然是生命中最美好的一刻，爾後的時光和歲月，是否能有這份甜蜜，思維裡仍舊是一片空白：：：：：：。

《忠勇號》軍艦緩緩地駛離高雄港，萬壽山已從我的眼簾裡逐漸消失，腦裡沒有港都的影像，卻有秋蓮的倩影。別時的哽咽，將化成永恆的相思淚，聲聲的珍重和再見，是永恆不變的深情。

再會吧，港都！

愛河潺潺的流水，低垂的柳樹，萬壽山怡人的景緻，西子灣微微的春風，難與我心中的秋蓮相媲美……。

第九章

面對浯鄉燦爛耀眼的太武山頭，
在多彩的人生旅途裡，
我只不過虛擲了廿餘年青春時光，
往後的路途更遙遠，
雖然沒有秋蓮，
但我有信心踏穩腳步，
繼續前行…………

經過廿餘小時的海上顛簸，浯鄉蒼鬱翠綠的山巒已歷歷在望。料羅灣雖然披了一層薄紗，白浪卻翻滾在新頭碼頭潔白的沙灘上。

忠勇號順利地搶灘，迎我的是浯鄉燦爛的陽光，新鮮的空氣，以及鐵絲網旁挺拔的木麻黃。

然而，我已無暇重賞浯鄉怡人的美景。除了必須先回家向雙親請安，以及回部向長官報告業務狀況外，還要騰出更多的時間寫信告訴秋蓮，對她的思念和承諾。而思與念，總是一種不實際的虛幻，白紙黑字也不能代表眞正的一切。身處在這個變化多端的社會，人生的一切，是否只能寄望命運、屈服命運。尤其是這份橫跨兩岸的愛情，更不能沒有危機意識；可是一旦發生，一在海的那一邊，一在山的這一頭，又能怎樣？，除了寫信，只好經常藉著繁瑣的業務來緩和紊亂的情緒。

從秋蓮的來信中，得知老馬到高雄找過她好幾次，如純粹是理髮，足可肯定她的頂上技術是一流的，遠從臺南專程來理髮的又有幾人？可能老馬是僅有的一位。

秋蓮的清純和美貌，不在話下，技術和服務態度也是一流的。而老馬是什麼角色，我們也聆聽過，也親眼目睹過、領教過。或許他是醉翁之意不在酒，另有企圖吧。我告訴秋蓮要小心應付，小人難防，又不得不防。過些日子，我將向父母稟告，先訂下這門婚事。然而，在傳統保守的家庭裡，父母並不能接受娶一位剃頭查某回家做媳婦。經過我一再分析、開導，才慢慢地改變他們的想法和反對的聲浪，阻撓的關卡終將讓我一一地克服，幸福的日子也愈來愈近，我始終沒有忘記，是誰在海的那一邊等著我。

秋蓮信中數度抱怨，老馬已非純來理髮。經常藉機邀她看電影、吃宵夜，雖然她加以婉拒，但時有借酒裝瘋、毛手毛脚，讓人噁心的動作。老闆知道他的來頭，也是敢怒而不敢言。我建議她轉到灣裡杜大哥經營的理髮廳工作，相信老馬會有所收斂。我也同時告訴她，家人已同意我們先行訂婚的好消息，並把報名參加普考的事宜一併告知。屆時可將訂婚的飾物一塊帶上。所有的細節，以及金門的婚嫁禮俗，我都極其詳細地寫在信裡。內心也沾沾自喜，不久我們又可以見面了。一旦經過簡單的訂婚儀式，我們將是一對人人羨慕的未婚夫妻。而且可以以訂婚證書做證件，向警總申請入境證；我將帶她回金門，舉行傳統古典的結婚儀式，在樂隊的引導下，環遊金門的鄉間街道，讓鄉親朋友爲我們祝福。而後拜天公、拜祖先、叩拜養育我們的父母親，送走參加喜宴的賓客，我們將牽手進入古屋的右廂房，睡在古式的「眠床」上。我們冀求的雖不是心與心的再相印、而是心靈永恆的慰藉。誠然在我們青春的田徑場上，曾經有多次未鳴槍先偷跑的不良記錄。然而，這卻是我們心甘情願、最貼心的相互奉獻。因爲我們知道遲早要同睡在這張古老的「眠床」，鴛鴦枕頭、龍鳳被，柔和的「土油燈仔」映照在嶄新的蚊帳裡，我們無所憾、無所冀求。當旭日東昇、陽光普照在這片祥和純樸的大地，我們將同張雙臂，迎接屬於我們的幸福年代！

如依時間，依常理，秋蓮的回信早該由綠衣天使送達我手中；然而時間卻一天一天地過去，我一而再、再而三，連續寄到高雄與西港的信件，則如石沈大海，數以千計的疑問在我腦中盤旋，我想起許多不可能發生、又難防的事件：首先從思維掠過的是無情無義的「變心」，如果人心眞那麼善變，她爲什麼要把女人最珍貴的一切給予我。她的奉獻是祈望我們的長相守，而當心願即將完成時，爲什麼「情變」竟比「天變」快？在尙未求證前，我的懷疑和揣測，都是不公平的，只是我不明白，爲什麼港都季節的變幻與時序的運轉處在兩個不同的極端，而非同在一個定點上。

如果出了什麼狀況和意外，相信她的家人也會給我信息；然而沒有，什麼也沒有。我也曾寫信請杜大哥設法打聽。杜大哥很快地回信，證實秋蓮已離開高雄日日春，我實在也沒有勇氣請他到西港，再爲我打聽秋蓮的一切。雖然我不相信命運，但命運卻要我信服祂。我的精神也隨著秋蓮的失聯而崩潰、而六神無主，每天恍恍惚惚，長官誤認我是因爲準備普考而受到精神上的壓力，業務上難免有所疏失，卻未曾受到指責和處罰。

赴臺參加普考的出入境證已由警總核發下來。長官也准我一航次的假期。然而，我志在秋蓮，考試只是藉口；帶著家人爲我準備的訂婚飾物，再次航行在臺灣海峽，一旦見到秋蓮，我將緊緊地把她牽住、摟住、抱住，永不再分離。如果見不到她呢？我是否有勇氣，回到我的家鄉、進我家門。

這是時序的深秋，雖是秋高氣爽的好天氣，海上的風浪卻遙不可測，隨著顛簸的船艦，嘔出此生難忘的酸水苦汁，大海茫茫、杳杳天，悲傷的淚水同時滾落……。

當我下船重臨港都，日日春生意依然，顧客盈門，女老闆的一聲小弟，換取我兩行清淚，秋蓮的租賃處，大門已深鎖。我不再留戀這片土地，愛河的水惡臭依舊，萬壽山林木已枯，西子灣已沒有美感，只因爲已難尋我心中的秋蓮。

不願重坐那列令我神傷的火車，寧願選擇時速較慢的公路班車，窗外的景緻已失去原有的光彩。秋陽斜照，秋風颼颼，半年不見的西港，只有春秋季節之分，沒有明顯的變化。而獨自幌動的是我孤單的身影，沒有伴侶的依偎，眼眶盈滿淚水，見過秋蓮的父母，慈祥的臉龐、無奈的眼神，心中僅有的希望也在此刻幻滅。速成的愛情難恆久、短暫的分離換取善變的心。我是否能重新站起，在果園裡緬懷過去……。

她的父母熱誠依舊，而內心裡，似乎隱瞞了些什麼，只簡單地告訴我，秋蓮到了東部，而東部是花蓮還是臺東、是山地還是平地？他們端來茶水，邀我共進午餐，我冰凝的身軀，崩潰的精神，何能再飲下異鄉這杯冷泉，呑下哽在心頭的盛宴。

我獨自在果園轉了一圈，秋陽映照在金黃的稻草屋上，空白的思維，蹣跚的步履，何處是我歇脚的地方？內心難以承受這份無情的打擊，更聽不進老人家諄諄的規勸和安慰。而他們是無辜交織著無奈。秋蓮才是這事端裡的源頭；我不能怪罪他們，要保有金門青年純潔樸實、彬彬有禮的風度。當我禮貌地向他們鞠躬辭行，秋蓮的母親從懷裡取出一封摺痕滿佈的信箋，我急速接過，一眼就辨出是秋蓮的筆跡。我的情緒卻出乎預料地平靜，誠然我急想知道前因和後果，也深知這是突發性的感情變遷，不能挽回的事實已擺在眼前，感到安慰的是，負心人不是我，而是異鄉的秋蓮。我攤開信紙，面對屋前茫茫的田野，仰頭望望杳杳天，滴滴淚水伴我讀完這封信：：：：

小弟：

我知道你會來西港。然而，當你看到這封信，我已是馬太太。人生沒有僥倖，愛情更難速成。我相信命運，不認同緣份。當馬大哥的身影投向我眼簾，我腦中、我心裡，已沒有你的存在，我欣賞他的江湖霸氣，不欣賞你的純樸忠厚；我欣賞他的玩世不恭，不欣賞你的清白誠實。因此，我選擇與他廝守終身，不願隨你回金門，同聞砲火煙硝。

男女間的感情，必須要有提得起、放得下的勇氣，認清這個世界，認清這個社會，你的心理會更坦然，在愛情不能求取結果時，就任由它去吧！

珍重，小弟！你恨我也好，罵我也好，我此生無怨無悔地接受，而我卻不祈望你的諒解，只因為我是一個無情無義的負心人，倘若蒼天有眼，來生再重聚！

秋蓮

讀完她的信，我內心卻出奇地平靜，從思維掠過的，不再是怨和恨，她有欣賞老馬與轉換感情舞臺的權利；然而，從信中，我看到的，似乎是經過掩飾、隱瞞。不能求取答案的謎題。我們是否眞被命運所屈服？她果眞欣賞老馬的江湖霸氣與玩世不恭，這是我難以相信的謊言。除非是受到他的脅迫，屈服於他的「扁鑽」和「三角虎」。既然緣份已盡，亦無良計可施，更不能找他單挑獨鬥，奪回秋蓮。我還能想些什麼？做些什麼？只有拖著一顆破碎的心，躑躅在這茫茫的人海裡：：：：。

我已無心赴臺北參加考試，距離返金的船期尚有數日，我又重臨闊別半年的灣裡。杜大哥已知我的來意，並沒有刻意地揭穿我的疤痕，仍然以一顆誠摯的心來迎接我。

那晚，我們重嚐虱目魚大餐。我的酒品不好，卻偏偏多喝了兩杯，該說的、不該說的，毫無禁忌地說給老友聽，不想求取他的同情，只傾訴隱藏在內心的苦楚。我流了淚，嚎啕大哭了一場。

「我曾經告訴你，剃頭查某無情勝過有情；如果再癡迷不悟，還想試試，店裡就有十幾個，任你挑，由你選，以後的事我可管不到：：：：。」

「杜大哥，謝謝你的開導，我們也不能一桿子打翻一條船。在沒有瞭解眞相前，我不怪秋蓮。」

「你還替她辯護！」

「如果將來有機會，先問問老馬。」我猛烈地喝了一口酒，激動地說：「我沒有後悔帶她來灣裡，卻痛心遇到一匹狼。」

「你懷疑是老馬強佔了她？」

我不能肯定，也不能否定，無言地沈默著。

「這個臭婊子，不是人！」他氣憤而尖聲地說：「想當年，他被道上的兄弟殺個半死，如果不是我排除萬難，送他到醫院，爲他輸了血，救回他一條狗命，早已是白骨一堆了。」

「這是他尊重你的唯一理由。」

他緊鎖眉頭，默不作聲，是否後悔救了他一命，讓他逍遙法外，作威作福，危害鄉里，强佔友人女友？

誠然，我不能理解他的思維和想法，我的酒品雖不好，卻能坦然面對；句句眞言實語，未曾掩飾，沒有虛僞，這是我的酒品與人品相互輝映而成的，對自我的人格，始終沒有懷疑。

懷著沈重的心情，背負的不是負心的十字架，離開灣裡、別離港都。面對浯鄉燦爛耀眼的太武山頭，在多彩的人生旅途裡，我只不過虛擲了廿餘年的青春時光，往後的路途更遙遠，雖然沒有秋蓮與我同行，但我有信心踏穩脚步，繼續前行……。倘若眞有來生，是否能與秋蓮再重聚，已溶解在我深深的記憶裡……。

第十章

倘若蒼天有眼，
歲月有情，
我將重臨安平，
追尋生命中的眞愛，
以度餘生……。

撲鼻的焦味，手指的微燙，我意識到手中的煙絲已燃盡。然而，我並沒有急速地把它捻熄，讓濾嘴冒起濃烈的焦煙，繼續擴散。而在這朦朧的煙霧裡，依稀看到秋蓮的身影在晃動。我此刻置身的，已不是青春歲月綺麗的夢幻裡，而是異鄉現實的環境，秋蓮的家中。

秋蓮走了過來，接過我手中的煙蒂，捻熄在煙灰缸裡。

「什麼時候學會了抽煙？」她在我身旁坐下，關心地問。

「二十幾年前。」我神色淒迷地說。

「還喝酒？」

「酒品不好，喝多了想過去、想從前。」

「還在怪我、恨我？」

「怪的是命運，恨的也是命運。對妳，我心中沒有恨，只有愛。」

「如果不到灣裡，該多好。」她喃喃地說。

「我們不能怪罪灣裡。」

「二十餘年來，我心懷的是對你的歉疚；離開你，卻讓我心安。」

「我並沒有對不起妳。」

「是我對不起你。」她有些激動，「原以為這個夢魘會隨我含恨九泉，永遠找不到我欲傾訴的主人；今天的巧遇，不是緣份，而是上天的安排。小弟，青春歲月離我們已遠，生命中的黃昏暮色將臨。如果我再隱瞞事實的眞相，非旦不能求取你的諒解，內心裡卻永遠有一份愧疚。」

我雙眼凝視白色的牆壁，是否要阻止她敘述一個未完的故事；尤其是這關鍵性的後半段，是她負了我，還是我虧欠她？廿餘年我不再懷恨，是因為做了理性的判斷。而這個故事的終結，是否能令我滿意，還是只想安慰我——這個來自金門的老年人。

她把我重新點燃的煙捻熄掉，可曾是要讓一位已在塋前徘徊的老人，在人世間多活一些日子。我們的心彷若一杓死水，永遠不再有青春時期纏綿浪漫的一刻。蒼天有眼，讓我們重聚一室，而非重溫舊夢，我的眼眶已微濕，老人有淚不輕彈。想起我重臨港都的情景，想起秋陽斜照我在西港孤單的身影，我強忍住——老人有淚不輕彈！

「煙少抽。」她柔聲地說。

「我已抽了廿幾年。」

她站起，斟來兩杯不知名的酒，遞給我一杯。

「酒少喝。」我把它放在茶几上。

「我已喝了廿幾年。」她獨自飲了一口。

「妳藉酒解愁？」

「不。」她又飲了一口，「緬懷過去。」

「我們的酒品或許已隨著逝去的歲月而改變。」我舉起杯，「秋蓮，爲我們的重逢乾杯！」我毫不猶豫地一口飲下。

「雖然歲月摧人老，相信我們能坦誠面對。身軀或許有所改變，心靈卻永無變遷。酒品雖好，但我的人品卻殘缺不全，這也是我恥於面對現實的理由。」她說完，也一口飲盡。

「秋蓮，我們重聚，是現在；而非來生。我們珍惜是此刻，而不是從前。在我們同臺演出的戲碼裡，雖然布幕已啓，角色已定，是喜、是悲，觀衆希冀的是結局，不是穿插的音樂和鑼聲。」

她連續地飲下好幾杯，是否要藉著酒精在體內燃燒的力量，才有勇氣把故事的後半段講完；我提不起精神聆聽她廿餘年來的生活點滴，只要求一個完整的輪廓、邏輯的結構，任憑是簡短的三言兩語，也是我內心所希冀的。

轉頭凝視她微紅的雙眼，緊握她微抖的雙手，我意識到她內心裡正承受著痛苦的煎熬和掙扎。我已失去把她摟進懷裡的勇氣，滿嘴的苦澀，已不再是青春時期相互蠕動時的甜蜜蜜。

她的眼眶已盈滿了淚水，我不願伸手把它拭去，就讓它自然地滾下，滴落在那對令我難以忘懷的小梨渦裡。

「那晚，」她哽咽地說，「港都的天氣悶熱，臨近打烊的時候，老馬微醺地來到店裡，他不是理髮，也非洗頭，而是來邀我出去喝杯涼水。

『馬大哥，』我禮貌而嚴肅地說：『對不起，今晚還有事，小弟的信，我還沒回呢，改天吧。』

『改天，改天，妳要改到那一天！』他尖聲地咆哮著，因為每次受邀，我總是以「改天」來應付他。『別以為妳長得漂亮，我老馬看上妳是抬舉妳，那個傻傻不上道的金門少年，那一點值得妳愛！』

『小弟是杜大哥的朋友，說來也是你的朋友，就相互尊重點吧。』我不悅地說，想以杜大哥來牽制他。

『別以杜大哥，杜三哥的帽子來壓我，喜歡我老馬的女人一簍筐，照照鏡子看看，妳是老幾？』

『請你尊重點。』我的內心已燃起一股被羞辱的無名火，大聲地回頂他。

『對妳這個三八剃頭查某已夠尊重啦！今天妳有膽不陪我喝杯涼的，不砸掉日日春的招牌，跟妳同姓！』

老闆適時地走來，低聲地告訴我：

『這種兄弟我們惹不起，委曲一點，陪他喝杯涼水，他不敢把妳怎樣。』

是的，我必須顧慮到老闆，也不能不替日日春著想，一旦再激怒他，後果將是不堪設想，而非難料。

我放低了姿態，老闆也打了圓場。然而，他帶我喝涼水的地方，並不是鄰近的冰果室，也不是鬧市中高級的咖啡廳，而是遠到小港一條陋巷裡的一家冰果店。樓下是陳舊的桌椅，樓上有麻將牌的碰撞聲，以及喧嘩吵雜的聲音。從店中的服務人員對他必恭必敬、且略帶恐懼的臉色，我意識到，這是一家由角頭兄弟經營的賭場，由合法的冰果室來掩護它。內心衍生一份無名的恐懼感，畢竟我是一個弱小的女子。

我要了一杯木瓜牛奶，他喝的是生啤酒。當我吸了幾口，停下環顧四週時，一陣陣令我難受的頭昏和目眩，侵襲著我，不多時，已失去了意識……。

醒來時，我袒裎裸露地躺在老馬的身邊，我已意識到是怎麼一回事，瘋狂地在他身上搥打尖叫，嚎啕大哭。窗外是雷電交加的西北雨，也是生命中的淒風苦雨。我瘋狂的舉動也激怒了他。他猛力地打了我一巴掌，赤身地站起，指著我說：

『哭，哭，哭，哭背是嘸！像妳這款不是「在室」的查某，蓋最（很多）！』

我的喉聲已啞，淚水已流盡，無力地躺在床上。

『告訴妳。』他露出猙獰的面目，伸出魔掌，揪著我的頭髮，『從今天起，妳就是我老馬的女人，要跟那個金門少年一刀兩斷，切得乾乾淨淨的，如果讓我發現妳們繼續來往，「扁鑽」和「三角虎」是不長眼睛的！』

我已沒有多餘的力氣來掙扎和反抗。我用被單緊緊地裹住被污辱過的身軀，手腳不停地顫抖，內心裡卻泊泊地淌著滴滴的鮮血，我的靈魂已殘遭毒手，不再純淨芳香，而是混濁惡臭，像殘花敗柳般地讓他蹂躪踐踏。恨誰？怨誰？恨那杳杳蒼天，怨這茫茫大海，還是該怨恨我悲慘的命運？我想偷取他身藏的「扁鑽」與他同歸於盡，我想過跳下愛河，讓屍首漂流大海。然而，我已發現，有一個微小的生命，在我體內蠕動著，小生命體內的血緣因子，是與誰的組合，我心知肚明。

歷經他的脅迫、蹂躪，滿足他的獸慾，並要脅我父母的性命，我無奈地由他誘押擺佈，跟隨他到臺東的老家同居。他的父母已雙亡，自幼在外流浪，無手足無親情。讓我獨守低矮破舊的老屋裡，而他四出游蕩，無惡不作，幾天回來一次，高興就給點生活費，不高興就毒打踹踢；我的精神已崩潰，也活不出一點點生活趣味。如果不是肚裡的小生命支撐著我，讓我茍延殘喘地活在這個世界上，人生對我還有什麼意義？然而，當我的身軀有了明顯的變化後，

『我警告妳，不要把我馬某人當傻瓜，妳肚裡的小雜種是誰的，妳心裡有數。這筆帳找空再慢慢算，該四捨五入、還是除七減六；該剁掉手指，還是腳趾，由妳挑。』

『什麼事我都認命依你，如敢動我孩子一根汗毛，死也跟你拼！』

他賞我的是兩記清脆的耳光。只要能保有孩子，不讓他受到傷害，我無怨，我將忍下此生難以承受，又得接受的苦難。

終於苦難的日子讓我熬過了。他因惡性重大，不知悔改，再度被移送綠島管訓；眼見他手拷、腳鐐加身，我內心不是悲，而是喜。任憑是三、五個月，一年半載，我也高興。然而，這已是他第三次到岩灣，第二次到綠島，如果表現良好，想被釋放，也是三、五年後的事。老天有眼，冥冥之中似乎有一雙愛的手給我力量，賜予我重生的勇氣。

我挺著即將臨盆的大肚子回西港待產，無顏面對養我、育我的父母；而他們依然張開慈愛的雙臂，迎接歷經滄桑歸來的女兒。

同年冬天，我平安地生下孩子，而卻是一個父不詳、必須從母姓的男孩。孩子的眼、唇，是我青春時期，心靈伴侶的化身。我心中交織著幸福和滿足。也隨著孩子的成長，掃除心中的陰霾。然而，惡夢並沒有從我內心遠離，深恐有一天，老馬被釋放時，又會找上門來。

孩子已慢慢地成長，我也不能賴在西港依靠父母，他們同意我帶著孩子自力更生。於是，我帶著孩子，寄居在環境較為單純的安平。孩子進了托兒所，我在一家小型理髮廳工作。但心中始終擺不脫，老馬會來找我們母子算帳的陰影。

孩子未出生前，上天對我是殘酷的。孩子降臨人間後，似乎處處受到庇佑。我偶然聽到老馬在綠島突然暴斃的消息，經過一再的求證，終於肯定是事實；我們間只有短暫的被迫同居關係，沒有正式的婚約。我內心存在的，不是愛，而是憎恨。我的幸福是他一手所摧殘，我完美的身軀被他所蹂躪，我純潔的心靈被他充滿著罪惡的魔手所搗碎。突然的暴斃，太便宜了他，應該讓他碎屍萬段，被禿鷹啄食。我的心裡暗自歡喜，雖然美麗燦爛的春天已失去，幸福的時光也深埋在記憶裡，但孩子卻是此生中最大的希望，我會用我的智慧、毅力，發揮母愛精神，把他教導成人，期望有一天，他能回金門認祖歸宗，……。

孩子畢業《國防醫學院》醫學系，我也辭去理髮廳的工作，用歷年的儲蓄買下，這棟棲身的店屋，在自家門口擺個小小的檳榔攤，每天削削檳榔，想想過去……。」

她已說完故事的後半段，情緒也逐漸緩和，人生的苦酒我們已嚐盡，幸福亦已走遠。我們屈服於一雙魔掌，一隻深山裡的野狼。蒼天給予我們愛、也給予我們恨；愛是不渝的深情，恨是離別的源頭。

「秋蓮，廿餘年來，妳嘗盡人生中的酸、甜、苦、辣，雖然幸福已離我們遠去，青春不再回頭，但我們心中的愛並沒有減溫。」

「不，我企求的是你的諒解，不敢冀望我們心中還有愛。」

「爲什麼？」

「因爲我留下的是一個不完美的身軀，殘缺不全的人品。」

「過去的苦難，雖然曾經讓我傷心失望，如果我在乎當年所發生的一切，今天不會留在安平。」

「不錯，我一直相信你有寬宏大量的胸懷。我也沒有用美麗的謊言來矇騙你，該說的、該講的，原原本本地呈現在你面前。小弟，我心中永遠沒有別人，除了父母，只有你和孩子。」

突然，她緊緊地摟住我，而我蒼老的心不再有青春時期的火花。我輕撫她剪短的髮絲，撫摸她腮旁的小黑痣，而那曾經是少女幽香的源頭，卻有主婦髮梢的油煙味。我們的酒品不好，但很坦然；我們的人品不差，卻受到命運的戲弄。我輕吻她那密佈皺紋的眼角、頰上，當我的唇在她滾燙的唇上停留時，是否能滋潤她那片乾旱的心田，是否還能感應到，廿餘年前那份甜蜜蜜。

戲將落幕，觀衆已起身準備離去。在這個多采多姿的人生舞臺上，儘管我們的演技尚未達到爐火純青的地步，但我們並未背離傳統，依照心靈中的劇本，自然地演出，忠實地記錄在生命的扉頁裡。

安平落日的餘暉，已映照在屋外那片寬廣的田野上，黃昏暮色將來臨，孩子戎裝倚立在母親身旁的照片，是誰的翻版，是否該由他引導去認祖歸宗，不詳的父欄裡，一併由他來塡補，這是我此刻難以思索的問題。

倘若蒼天有眼，歲月有情，我將重臨安平，追尋生命中的眞愛，以度餘生…………。

再會吧，安平！

原載一九九八年一月二十日——二月十八日《浯江副刊》

秋蓮《下卷》

迢遙語鄉路

第一章

我爲什麼一直怕死，
是否尚有未完的心願，
讓我牽腸掛肚？
是否還想多看一次日出、
多看一次夕陽？
抑或是對這不完美的人世間，
存著懷念……

今年的春天，我敏銳地感受到季節的變遷，渾身不舒服，一些老年人常見的慢性病症逐一纏身：尿酸與血壓同時升高，胃腸的不適，心律的不整，爲了減輕自己的痛苦，企求能在人間多活幾天；我帶著從未使用過的健保卡，搭乘免費公車，光顧那座隱藏在山中的醫院。

年輕時，拍胸脯、疾聲厲色地說：不怕死。然而時光的巨輪只不過輾轉過了幾十個年頭：由當初的少年、青年、中年，而進入老年。腦中所思、心中所想，已做了一百八十度的轉變，親眼目睹同齡的朋友，有些蒙主恩召、有些到了西方的極樂世界，自己深恐步上他們的後塵，被送到冷颼、冰寒、孤寂的荒郊野地，不是暫時的歇脚，而是不醒的長眠。總而言之，人到了老年不是貪生，而是怕死，我並不例外。提到死，想起死，心理直打哆嗦；雖然此生並沒有享不盡的榮華富貴，亦無烏紗和勳章可顯耀，但我既貪生，又怕死！

一人服務的公車，已沒有攙幼扶弱的車掌小姐扶我下車；雖然有諸多的不便，痛風讓我寸步難行、血壓高讓我頭暈目眩、心律不整讓我有隨時停止心跳的恐懼；而我依然逕自下車，緩緩地往高坡處漫行。坡道的兩旁，是濃蔭的木麻黃，走在鄉人引以爲傲的綠色長廊裡，沒有怡人的春意，卻有惱人的冷寂。秋天掉落的枯葉，新芽尚未萌起，我的心情彷若那杈枒的枯枝，隨風晃動，隨時有折斷掉落的危機；生命中彷彿沒有了盎然的春意，滿眼都是酷寒冰冷的寒冬。

掛了號，我坐在內科診療室門外，那排塑膠纖維製成的椅上，白色的長廊，飄來一股嗆鼻的藥水味。同坐椅上等候診斷的是一張張微黃無神的眼臉，他們是否和我一樣地怕死，怕被歲月的酸素腐蝕？既然進來了，總是要聽醫師護士的擺佈；誰叫我們同是失去健康的人，命運或許由上天主宰、健康的恢復則須由醫生來診斷和下藥。人一進入老年，冥冥之中，似乎常常聽到死亡的呼喚；當我們的肉身歸於塵土，陰魂果眞能回到天堂？人間與地獄、天堂與地府，存在著我們無法理解的奧祕，只有置身其中，才能求取答案。

護士小姐嬌聲地喊著我的名字，我隨她而行，站在堆滿病歷表的桌旁，年輕瀟灑的醫師含笑地看了我一眼說：

「老先生，請坐。」

美麗的護士小姐隨即爲我拉開椅子，內心沾沾自喜，我何其有幸，年老時仍能受到如此的尊重。

我架上老花眼鏡，想看看診斷後大夫在病歷表上寫些什麼。然而，在他尙未問起我的病痛和症狀時，我的視線已先投射在他的臉龐，這張俊逸清秀的臉，散發著萬道青春的氣息和光芒。這個影像，彷彿是自我鏡中的投影，一個熟悉的影子同時在我腦中盤纏，我不敢斷定他是誰與誰的組合。白色的制服，繡著藍色的字——

總醫師：吳念金。

「老先生，您的外表，似乎比您實際的年齡還蒼老。」他玩弄著手中的原子筆，目視著病歷表，笑著說。

「大夫，我怕死，不怕老。」我取下眼鏡，陪著傻傻的笑臉，卻引來他們哈哈的大笑。而這笑聲中，卻讓我發現，他的左頰，浮現一個淺淺的小酒渦。

吳念金——我腦海裡顯現出這三個通俗而不知含意的名字。

「不，老先生。如果您眞怕死，早已戒掉煙和酒。」他和顏悅色地說。

「煙、酒是我唯一的嗜好。雖然怕死，它們依然是我此生的最愛。我相信煙能讓我緬懷過去、酒能讓我想起從前。」

「還有其他的原因嗎？」他依然笑著。

「沒有。」

「如果健康不允許您繼續吸煙和飲酒，您能把它們戒掉嗎？」

「煙、酒或許與病痛有所關聯，但我相信，與死亡沒有絕對的關係。」他搖搖頭，笑笑。而後中文夾著洋文，與護士小姐低聲地交談著。他們是否認爲我思想上有問題，精神也不正常，既然怕死，那來的滿口歪論。

「老先生，」護士小姐接過他手中的病歷表，含笑地說，「吳大夫希望你能住院，做詳細的檢查。」

「住院？」我從椅子站起，向前走了兩步，「我會死得更快！」

「老先生，您放心。」她輕撫我的手臂，柔聲地說，「吳大夫剛由三總調來，是內科的名醫，把你的健康交給他，不會有錯。」

我轉頭看看他，他正含笑地看著我。雖然名醫二字並沒有寫在臉上，但我深深地感受到，這張俊逸的臉，揉合了我記憶中的影像，只是在我退化的腦海裡，思索不出是誰的翻版。

「老先生，」他站起，走到我身旁，炯炯有神的雙眼，久久地凝視著我，而後拍拍我的肩，笑著說：「怕死的人不易死，不怕死的人卻死得快。但人不能活在病痛裡，而要活得有尊嚴。我雖然不能瞭解您對人生的看法，但卻能以我的專業知識解除您的病痛，讓您活得更快樂。」

「如果不能吸煙、不能飲酒，我永遠不會快樂。」

「您已從煙酒中品出人生的眞義，」他再次輕拍我的肩，像哄小孩般地低聲又細語，「先住院，詳細檢查，其他的事再說吧！」

我無神地點點頭，接受他的安排。然而，住進這白色的房間裡，並不是爲了走更遠的路，也非暫時的歇脚和休息，而是貪戀人世間的杯中美酒，以及茫茫繚繞的煙圈。明知煙酒是造成我慢性疾病蔓延的禍首；然而我生存的目的，並非爲了追求榮華和富貴，也非冀求烏紗和勳章。當壽命即將終了的時刻，當軀體必須深埋的那時，我仍感到坦坦蕩蕩，沒有沈重的包袱要背負，但卻也一直找不出怕死的理由。獨自躺在滿佈藥水味的床上，期待著醫師檢查過後，對我有利的宣判。美麗大方的護士小姐已引不起我的注意，而從我思維掠過的是一個似謎非謎、既熟悉又感陌生的影子，內心裡不止一次地默念著：

吳念金。吳念金。

他是內科名醫，將爲我找出衍生在體內的病源。如果做不利於我的宣判，如果禁止我吸煙品酒，那算不了是名醫，把健康交給他更是一種錯誤。然而，他的熱心，常掛的笑臉，對老年病患的尊重，的確是有名醫的架勢。當然，更要有精湛的醫術，高尙的醫德，這些都是構成名醫的條件，不能空有名醫的虛名。

值班的另一位護士小姐告訴我，晚上十點開始禁食，她扁扁的鼻子，滿臉的紅痘，一付赤耙耙兇巴巴的潑婦樣。

「能不能喝酒？」我問。

「去問大夫。」她不悅地回答。

「能不能吸煙？」我提高聲音又問。

她白了我一眼不作答。

「是誰要我禁食的？」我再問。

「吳大夫。」她提高了嗓門，尖聲地答著。

「肚子餓了，怎麼辦？」

「活該！」她轉身移動脚步，丟下一句讓我無法忍受的「死老頭！」

是的，年紀一大把，是該死了。可是我爲什麼一直怕死，是否尙有未完的心願，讓我牽腸掛肚？是否還想多看一次日出、多看一次夕陽？抑或是對這不完美的人世間存著懷念。小女孩，妳錯了，老頭尙未到死的時候，妳的咒罵並不能左右我的生和死。對死，妳又能認識多少？我原諒妳的無知，冀望妳留點口德。

「蜜司王，」吳醫師適時地走進來，阻擋了她的去路，「妳是學護理的，要懂得病人心理。」他毫不客氣地糾正她的錯誤。然而，他眞的懂得病人心理，他的觀察、他的診斷，眞能深入到一位老年人的內心世界？

吳念金。

這三個易讀、易記、又順口的名字，又一次地從我思維中掠過。其實，名字只不過是一個人的符號，我未免想得太多了。吳念金，又與我何干。

「老先生，很抱歉，讓您生氣了。」他含笑地走近我，那眼神、那唇角、那瀟灑的姿態，簡直是一個極其熟悉影像的投影。

「吳大夫，禁食是否包括禁煙和禁酒？」

「您的健康，已亮起紅色的警示訊號，煙酒是最大的禍首，怎麼還念念不忘呢？」

他溫文儒雅的氣質，柔聲細語的語辭，已把老年人不平衡的心境掌握在其中。我不能再以那些不合邏輯的理論來與他交談。雖然思煙想酒，死亡讓我懼怕。然而，一份想親近他的意念在我內心油然而生。是想捕捉一個熟悉的身影，還是想尋求一份失去的記憶？時光一逝不復返，回歸塵土的時辰也不再遙遠，內心交織著矛盾與茫然。

「吳大夫，你祖籍：：：：」

「臺南，安平。」沒待我說完，他搶著說。

「臺南，安平。」我訝異地重覆著。

「您到過安平？」他緊接著問。

「那是很久的以前，不久的最近。」

「不久的最近？」他疑惑地，「到過古堡？」

「正在維修。」

「不錯。」他興奮地，「古堡在維修，我家就住在附近。」

「令尊在那兒高就？」我問。

「說來好笑，我是在西港的外婆家出生；從有了記憶，是與母親相依爲命地住在安平，腦裡壓根兒沒有父親的影像。」

「令堂從沒有向你提過？」

「老先生，」他勉强地笑笑，「從我們第一次談時，起初感到怪怪的，現在卻倍感親切。不怕你見笑，我身分證上的父欄裡是一片空白，從的也是母姓。」他收起了笑容，攤攤手，又皺皺眉。

「對不起，吳大夫，我問得太多了。」

「不，老先生，」他突然地拉起了我的手，「我母親對金門似乎有一份特別的情愫，她再三地鼓勵我來這兒服務，她說，這兒有純樸的民風，善良的百姓，清新幽雅的環境。在我臨行的前夕，隱約地告訴我，父親就是金門人。」

「金門人？」我驚訝地睜大眼睛，「那總有名和姓吧！」

「她說三十年前與父親相遇時，是基於佛家所謂的『緣』，能不能在金門找到父親也必須靠緣份，因而她不告訴我父親的詳址和名姓。」

「這就難找啦。」

他神色淒迷地點點頭。

「其實你也不必失望，金門地方很小，大大小小、男男女女、老老幼幼只不過四萬多人，與你父親同齡的更不會太多。」

「我還是較認同母親的話，一切靠緣份。」

我無語地點點頭，也點出了心中的茫然。孩子，如果我腦未昏、眼未花；沒認錯、沒看錯，我們已先投緣在彼此雷同的影像上。那年匆匆地離開安平，你母親只輕描淡寫地告訴我，已逝歲月的輪廓，是她含辛茹苦地把你撫養長大，我沒有詢問詳情的權利。如果父子情緣依舊在，相認何須急於一時。就讓這份只有父子血緣，沒有父子深情的情緣自然地發酵、醞釀成一壺香醇美酒。當我們同時接受了這份事實，內心自然會燃起一股父慈子孝的火花，絕不會形同陌路人。

「是的，吳大夫。雖然我們身處的是一個高科技時代，緣份與它們也沒有絕對的關係，但它卻是人與人溝通、相處、交集的不二橋樑。佛家所謂的緣份，亦是現代人所珍惜的情緣。令堂沒說錯，一切靠緣份，或許遠在天邊、近在眼前；你們父子相逢的機緣尚未來到，慢慢等吧，別忘了有等待才有希望；當希望來到的那一刻，也是等待有了結果的時候，吳大夫，那多美呀！」

「老先生，您文雅的談吐、慈祥的風範，的確讓我受益良多，也留下深刻的好印象，找機會再詳談吧。」他輕輕地揮揮手，微微的笑一笑，笑中卻浮現一個男人少見的小酒渦。吳念金——他的母親是否要他永遠地懷念金門呢？倘若眞爲此，孩子，你能體會出母親的苦心嗎？在滿佈荊棘的人生旅途裡，小心地攙扶她漫行吧！而你要尋找的父親，他的影像已印在你母親深深的記憶裡。然而，當他們重逢時，並未承諾要帶你回金門認祖歸宗，你就別費盡心思去尋找他吧。任由他在這茫茫的人海裡，獨自飄零：：：：：：：：：：。

第二章

孩子，
你已找到自己的方向，
選擇自己的理想。
而我人生的路途即將走完，
天國之路不再迢遙。
有緣將團圓，
無緣不必再相見，
人間的悲歡離合，
自古就難全……。

我的病床由原先的普通病房，被移到僅有二張病床的小房間裡，美麗的護士小姐姓梁，她告訴我，是吳大夫特別關照的。而我也發現，他們不僅是工作上的好搭檔，似乎也是一對不尋常的好朋友。我有幸能蒙受吳大夫的關照，也蒙受她特別親切的護理，我置身的彷彿不是醫院，而是一個溫暖的家；自己深知其他病患沒有我的幸運，只因為我與名醫吳大夫投了緣，這點關照，對他來說是輕而易舉的事。然而，不管是基於什麼因素，緣是廣泛的、緣是沒有定位的：男女姻緣、朋友情緣，我們一生中歷經無數的緣。有些人讓緣牽繫一生、有些因緣盡而分離；而我們的緣，是一份什麼緣呢？——當然是一份未經認定的父子情緣。

梁小姐引導我，抽血、驗尿、做心電圖、照X光……過了好多好多的關卡。我並不冀望有好的結果，雖然怕死，但思煙想酒更迫切，爲抽煙而死、爲飲酒而亡，不也跟軍人戰死在沙場上，一樣地莊嚴和神聖嗎？

我從口袋取出一支煙含在唇上，在煙絲尚未引燃時，已聞到它的香味，我索性乾吸了兩口，雖然沒有神仙般地愜意，卻有著過乾癮時的快感。

「老先生，」梁小姐伸手取下我含在唇上的香煙，神情嚴肅地說，「吳大夫再三交待，煙不可吸，酒不能飲。」

我含笑地搖搖頭，看看她。這小女孩生來一副討人喜歡的娃娃臉，微捲的髮絲，白皙的皮膚，端莊婉約的姿態，與吳大夫在一起，倒也貼切和搭配。

「什麼時候可以出院？」我內心裡，並沒有因為她阻止我吸煙而不悅。在此地所受的限制，一旦出院，即可解除。雖然怕死，但我還是有勇氣與病魔博一博、賭一賭；誠然註定要輸，但我追求的依然是此生所愛的煙和酒。當尼古丁侵蝕了我的腦細胞、當酒精讓我的肝硬化、腎衰竭，人間的一切，倒也沒有什麼值得我留戀。

「吳大夫要為你做徹底的檢查，三、五天是不會讓你出院的。」她甜甜的音色、笑瞇瞇的臉龐、誠懇親切的舉止，吳大夫的眼光可一點兒也不差。然而，他是否對每一位求診的病患，尤其是罹患慢性病的老年人，都做徹底的檢查，還是對我這位原先古怪、現在投緣的老人家特別禮遇。

「梁小姐，謝謝妳和吳大夫對我特別的照顧。我是一個極端怕死的老年人，剛才又是抽血、又是驗尿、又是心電圖、又是X光，全身檢查遍了。或許我所有的器官，不是有問題，就是有毛病，會死得更快。對不？」我說。

「不會啦，老先生。」她抿著嘴，輕聲地笑著，「一旦檢查出有不適的地方，大夫會對症下藥，減輕你的病痛，讓您過著正常的生活。」

「如果眞要減輕我的病痛，梁小姐，你就特別通融通融，讓我吸根煙、喝杯酒。」她面有難色地看看我。內心裡是否在咒罵我爲難她呢？

「開玩笑啦，梁小姐，我會遵照你們的指示，服從你們的命令。」我向她敬了舉手禮，也爲自己找了下臺階。

「老先生，」她隨即展開笑容，改了一個話題：「您別見怪喔，醫院好多人說，您長得很像吳大夫。」

「孩子，妳搞錯了，我是一個醜老頭，吳大夫是年輕的帥哥，怎麼我會長得像他呢？」

「不，不，老先生。」她急促地搖搖手，笑著說，「吳大夫長得像您，不是您像吳大夫。」

「妳仔細看過沒有，他那一點像我呢？」

「眼神、脣角、濃眉，唯一不像的是他有一個小酒窩，您沒有。」

「我已好幾年沒有照過鏡子了，對自己的影像已模糊；吳大夫長得像我，是我的榮幸，說不定前生是同一個模子出品的好兄弟呢！」

「不，應該說是父子。」她摀著嘴笑著。

「不能佔人家便宜。」我搖搖手說。

「這不算是佔便宜，依您的年齡，做我們的長輩，綽綽有餘。」

我神色淒迷地點點頭，無奈地笑一笑，果眞有一位當醫生的兒子，又有一位美麗大方、善解人意的護士媳婦，此生又有何冀求！然而，三十餘年的苦澀歲月，匆匆已過，一生中的變化，也只在一霎時，緬懷過去，徒增悲傷，何不彼此在平淡中度餘生。

我肯定孩子母親的想法是正確的。我們因緣相識、因緣生情，父子的相認也必須有緣。並沒有刻意地要孩子演出一齣《萬里尋父記》，當時機尙未成熟，當緣份未到，當我們內心、體外，尙未揉合成一個令人信服的體系，我何能冒然地伸出這雙粗糙、無力、乾癟的手，突兀地拍拍他的肩，喚聲孩子。倘若我們緣份已到，儘管我已是一位滿身病痛、在塋前徘徊的老年人，他不叫我一聲老爸也難。這也是古中國應有的傳統美德，如果失去了它的依循，一切教育都是失敗的，名醫也將成爲庸醫。

晚間，吳大夫與梁小姐同時來到病房裡，他們穿了便服，更顯得朝氣勃勃，英俊瀟灑，美麗大方。他們提了一小袋乾麵，一瓶卡爾培紅酒，我並沒有把酒鬼的原形畢露。

「梁小姐，妳不是說吳大夫再三交待，不能吸煙喝酒，今晚帶酒來，是不是存心要害死我！」

他們同時哈哈大笑。

「今天我們輪休，特地從金城爲您帶來的。」她依然笑著，把酒輕輕放在櫃子上。

「老先生，好多人都說我們長得很像，我自己也有同感，今晚特地來向您致意的。」

「人世間的人、事、物，相像的不勝枚舉。吳大夫，有幸讓我們長得很像，是我老人家的光榮，今晚能聚在一起，更是有緣。而不幸，成爲你的病人，更是緣上加緣。」

他們已笑彎了腰。我拉出櫃旁的椅子，請梁小姐坐下，吳大夫坐在另一張床沿上。

「這個『緣』字對我來說，太熟悉了。從小到大，不知聽過多少遍，母親凡事講的都是緣；住安平是緣、認識左鄰右舍也是緣、考上國防醫學院更是緣。在我記憶中，只有二次不是緣。」他移動了一下坐的姿勢，繼續說：「第一次是我把牙醫系的一位學妹帶回家，母親知道她姓陳，待她走後，很快地拉下臉：

『如果陳小姐是你的女朋友，我反對你們繼續交往。』

『媽，爲什麼？』我不解地問。

『你們的姻緣未到。』她疾聲厲色地說。

『媽，時代不一樣了，還講什麼姻緣。』我試圖化解。

『我不管新時代、舊時代。時代雖然不一樣，姻緣則不能改變。』

第二次是我畢業留校當助教，不能如她所願來金門服務。

『怎麼那麼無緣，怎麼那麼無緣，』她極端失望地。

『媽，以後還有機會。』我安慰她說。然而，我也十分不明白，幾乎所有的父母，都怕子弟抽到《金馬獎》，唯獨我母親例外，是否母親對金門情有獨鐘呢！她長嘆了一口氣，右手握拳輕擊著左手心，失望地又默唸著：

『怎麼那麼無緣，怎麼那麼無緣！』」

「不錯。」我扭開了紅酒的木塞，含笑地對他們說，「老一輩較相信緣份，但有時卻被命運所屈服。」爲他們各倒了小半杯，爲自己倒了大半杯，而後舉起，「吳大夫，梁小姐，這杯酸酸澀澀沒有酒味的紅酒，雖然不合我口味，但畢竟我們有緣，才能聚在一起。敬二位，感謝你們心懷慈悲，對一位老年人的關懷和照顧。」

「老先生，卡爾培紅酒的酒精濃度只有百分之十一，它是以葡萄釀成，以中醫來說能補血；以西醫來講，少量能增進血液循環。淺嚐對身體不會造成傷害，反而有益健康。」梁小姐爲我解釋著。

「老先生，如果您能戒掉煙，再把喝烈酒的習慣，改成品紅酒，對您的健康會有很大的幫助。」吳大夫舉起杯，看看梁小姐，「來，我們一起敬老先生。」

他們輕嚐一小口，我則飲下一大口。

「吳大夫家住安平，梁小姐，妳呢？」

「臺北士林。」她簡潔地答。

「臺南安平、臺北士林，還有金門，」我端起杯笑著說：「今晚來自不同地域的老少，能聚在一起，的確是有緣。」

「您一提起『緣』，我又想起我媽。」他雙眼凝視著我說，「她一聽說我要到金門服務，那種興奮的心情，眞的很難形容。久久說不出話來，最後收起了笑容，幽幽地說：

『孩子，總算你與金門有了緣。』

『媽，您對金門是不是有一份特別的感情？』我笑著問。

『有緣吧。』她淺淺地笑笑。

『您從來未到過金門，怎麼突然間與金門有了緣？』我迷惑不解地問。

『孩子，你爸是金門人。』

『什麼？』我尖聲地驚叫著，難以置信地又問了一遍：『我爸是金門人？』

她神色淒迷地點點頭，無語地沈默著。

『爸爸就在金門。』我興奮地問，『在金門什麼地方？』

『孩子，如果你們父子有緣，或許就在眼前；無緣則在天邊。你在金門會停留很長的一段時間，慢慢找吧。』

『哪總得告訴我爸爸的名字吧！』

『如果緣份已到，說不定在你身邊；如果緣份未到，告訴你也沒用。萬一他不認你這個兒子，怎麼辦？』

『以前聽您說過，金門人重情重義，爸爸會是一個無情無義的人嗎？』

她搖搖頭，苦澀地笑笑，而後說：

『一切隨緣吧。』

我的母親實在太可愛了，她始終相信緣份。而我並不明白，她是否因緣盡而與我父親分離，還是無緣廝守終生。這其中一定有一個動人的故事。」

「如果我是作家，該有多好！故事的輪廓已浮現出來了，只待運用我們的筆，即可忠實地把它記錄下來，屆時絕對是一篇精彩動人的作品。」梁小姐看看他，又看看我，滿懷自信地說。

「我們讀過很多文章，很少看到以父母爲題材而寫得纏綿動人的作品。寫成功了，是對長輩的歌頌和禮讚；萬一失手寫偏了，則是對他們的不敬。」我說完，獨自淺嚐了一口酒。

梁小姐默默地點點頭。

「老先生，」吳大夫端高了杯子，「來，」又對著梁小姐，「大家有緣嚐一口。」而後，雙眼凝視著我，「我們不僅長得像，也格外地投緣，您的每一句話，都讓我有一份親切感。」

「別忘了，我們同是金門老鄉，梁小姐將來也是金門媳婦。」我說完，大家同聲地笑著。

「老先生，您會不會介意我語無倫次，說得太多。」他懷著些歉意。

「不，」我搖搖頭，「能與你們年輕人坦誠相對，無所不談，我感到高興。數十年來，我習慣孤獨，喜歡與煙酒爲伍，來到醫院，曾經讓我恐懼；有緣遇上你倆，卻讓我歡欣，讓我快樂，讓我更怕死！只因爲我們同是有緣人，必須惜緣。」

「實際上，我媽對緣字的認定，有時也讓人看得霧煞煞，只要是陳姓的女孩，她會搖手說嘸緣，當我與梁小姐正式交往，感情未定時，她卻能未卜先知地說：

『孩子，你的姻緣已到，要惜緣。』

我一直在猜測，我爸爸是不是姓陳的，或許我媽有先見之明，遲早我必須脫離母姓，認祖歸宗，而同姓是不能聯婚的。如果我沒猜錯的話，我媽設想也太週到了。可是，我一直猜不透，他們是因誤會而分離，還是受環境逼迫而分開？唯有找到父親，才能解開謎題。」

「如果確定你爸是姓陳的，事情將趨向單純；因爲金門只有十三個村落清一色是陳姓人家，找起來較簡單。然而，你出生在六十年代，那時金門尚處在軍管戒嚴時期，去一趟臺灣，必須具備證明文件向警總申請，並非人人能入境。如依常理判斷，你父母因緣而相識，而生情，而相愛，而懷下你；他們絕對有深厚的感情存在著，要不，也不會在你長大成人，事業有成的今天，要你回來尋根。」我說完，忍住即將滾下的淚水，忍下即將哽咽失態的一刻，輕啜一口紅酒，它讓我嘴澀心酸。

「常聽說母子連心，可是我媽年紀愈大，卻愈讓我摸不清她的心。天下那有不告訴兒子，父親的名字和住址，而要以緣來尋父的事。」他說著，有些兒激動。

「不，我倒認爲令堂爲你設想得很週到，你是學醫的，相信也修過心理學。西洋人所謂的代溝，此刻是最好的詮釋。從你降臨人間，父親就不在身邊，甚至連父親的影像，腦中也是空白一片，如果令堂唐突地告訴你一切，一旦父子見面，你內心裡、心靈上，是否能很快地接受這份事實。她暫時的隱瞞，或許有不得已的苦衷；倘若有一天，你還是無緣與父親相見，她絕對會站出來，引導你，回到父親的身邊，叩拜列祖列宗，不會讓你繼續『吳』下去。」

他點點頭，依然看著我。

「如果我爸能有您的風範，能如您細密般地分析多好。屆時什麼代溝也沒有，說不定一高興，還會把三十前與我媽的戀史，說給我聽呢！」

「六十年代的戲劇，九十年代才上映，或許會讓你們這些新新人類感到新鮮。」我笑笑。

「聽自己父母講故事，談戀史，那種感覺一定很過癮。」他高興地說。

「我爸在家裡，有時也會穿插幾句想當年。」梁小姐笑著說，「我媽依然會羞人答答地，用食指劃劃臉頰，罵聲『老不羞』。」她說後，卻突然對著我，「老先生，您年輕時談過戀愛嗎？」

我笑笑，久久沒答覆她的問話，而他們似乎在期待著我的回答。

「談過，」我心情凝重地說，「平生的第一次，也是最後一次。」我停頓了一下，看看吳大夫，「坦白說，在我人生的旅途中，愛情的世界裡、我較認同令堂所說的緣份。」

「您曾經告訴過您的子女嗎？」梁小姐緊接著問。

「沒有。」

「您會不會告訴他們？」

「倘若有一天，他們能體恤父母親，耗盡青春年華，為愛而犧牲的苦楚，故事雖非浪漫、纏綿，卻是眞實的寫照；雖恥於朗朗上口，但會以文字來傳承。」

「您能寫？」她訝異地。

「是的。」我滿懷自信地說。「只要有毅力，有恆心，人世間除了感情必須仰賴雙方眞誠投入外，單一的追求，只有能沒有不能。因而，我內心充滿了自信，會把自身的故事，一字不漏地記錄在生命的扉頁裡。」我說著，看看他，又看看她，「如果你們是我的子女，有耐心把它看完嗎？」

他們同時點點頭。

「那必須要歷經久遠，雖然內心裡感到有緣的存在，然而，待何日才能有緣與緣的再交集。」我說著，凝視杯中棗紅的液體，而後舉杯對他們，「孩子，乾掉吧，我們品的不是酒的香醇，也不是它的酸澀，而是化不開的濃情。你們已逐漸地進入一位老年人的內心世界，並非是憐憫一位孤獨的老年人。」我的心頭已哽，眼眶微濕。

乾了吧，孩子。別忘了，我們也算是有緣人。把夜的寧靜和祥和，一起裝進記憶裡。倘若有一天緣份已到，人間不再有分離，我們終將要溶爲一體，成爲一個家族的成員。雖然我未曾盡到一位父親的責任，也不想推諉過錯，唯有你們母親，才能理解當初分離的原委。孩子，歲月匆匆已過三十年，萬壽山扶疏的草木，愛河潺潺的流水，西港的果園和田野，灣裡的狼來了，全印在我深深的記憶裡。我們不僅屈服於命運，也被當年的時空阻隔，並非被愛摒棄。如果當年能儘快地把她帶回金門，不到灣裡，此時此刻，我們將同沐在溫馨美滿的家園裡。而不是單親家庭的冷寂。雖然那匹狼已罪有應得地化成白骨一堆，而我們失去的幸福，卻無法彌補；帶她回金門的心願，更難達成。孩子，你已找到自己的方向，選擇自己的理想。在愛的園地裡，更有一位美嬌娘將與你同行；而我人生的路途即將走完，天國之路不再迢遙。有緣將團圓，無緣不必再相見，人間的悲歡離合，自古就難全……。

第三章

如果真有緣，
何須蒼天來憐憫；
待明兒旭日東昇，
陽光映照在青蒼翠綠的
　太武山頭。
我們將同張雙臂，
迎接她的歸來……。

在我臨出院的那晚，吳大夫獨自來到我的病房，除了為我準備多種控制不同病情的藥物外，又帶了一瓶卡爾培紅酒。

「老先生，只要按時服藥，注意飲食，少抽煙，不飲烈酒，一切沒問題啦！」他高興地說。並把紅酒和藥物放在櫃子上。

「看樣子，你是有意和我對酌囉？」我看看他，笑著說。

「酒雖不是你的對手，但我發覺輕嚐一杯紅酒，卻能把話匣子打開，就像那晚，談得多麼令人難以忘懷，意猶未盡。」

「那麼今晚你是要講故事呢？還是想聽故事？」我問。

「我們都不預設立場，既然有緣，就談個痛快吧。」他興奮地啓開那瓶不起眼的紅酒，倒了滿滿的二大杯。

「梁小姐呢？」我問。

「下了班就來。」他遞給我一杯。

「坦白說，」我接過酒，「如果我老人家沒看走眼，她是一位秀外慧中的乖巧女孩，令堂不會有意見吧。」

「實際上，我媽思想並不封閉，她只是反對我與陳姓的女孩交往，其他都認為是緣。」

「或許她太瞭解你，太放心你，所以給予你一個很大的自主空間。」

「她疼愛我，我自己心裡有數。對她，我也是百依百順，在記憶裡，只慘遭一次毒打，那是在西港的外婆家，因爲不小心，推倒了表弟，讓他額頭受了傷，流了血，舅媽罵我是一個沒有父親管教的野孩子；巧而被母親聽到，除了向她再三道歉外，並折了一段含葉的樹枝，當著他們，由我的腿部、臀部、到手心，猛力地抽打，我的脚腫得好高，哭聲終於喚來外婆。

『秋蓮，秋蓮，妳瘋了，妳瘋了。妳要把他打死嗎？妳不要孩子，我可要孫子！』外婆搶走她手中的樹枝，而我哭聲已啞，母親也淚流滿面，但始終沒有一句咒語、怨言，只呆若木雞般地看著藍天。

那晚，我們母子躲在被窩裡，放聲地痛哭了一場，過沒幾天，她就帶我離開西港，來到安平。從此以後，我雖有小差錯，但她沒再打過我，用開導的方式來教導我，啓發我。」他說後，端起杯子，「老先生，晚輩言多了，嚐一口吧！」

我們同時笑笑，飲下小小的一口。

「吳大夫，你的故事剛開始呀，」我放下杯，「在別人來說，或許會感到乏味，而我卻倍感親切，彷彿親眼目睹令堂抽打你時的模樣；一個淌著眼淚、流著鼻涕、揉著眼睛、哭啞了嗓門的小男孩，那是多麼令人憐憫的景象。」

梁小姐笑咪咪地推門而進，紅唇裡是潔白整齊的牙齒，一對水汪汪明晶晶的大眼，紅潤的雙頰，高挺的鼻樑，怡人的笑靨，讓人留下深如古井般的好印象。孩子，你有福了，時代的不同，生活水準的提昇，教育的普及，思想的躍進，社會那面大明鏡，更反映出你們對愛的認知和不渝的深情。

「老先生，您好。」她看看我，走到他身旁，拍拍他的肩，「其實，我們應該叫老伯才得體，也可拉近彼此的距離。」

他點點頭，默笑著，果真他們馬上改口，齊喚了一聲聽來親切悅耳的「老伯」。

「叫老先生也好，喚老伯也很恰當，唯獨不能罵我『死老頭』。」我嚴肅而慎重地說，卻換來他們開懷的笑聲。

「蜜司王那付潑婦像、樸克臉，實在讓人不敢領教。」吳大夫搖搖頭，「高傲的服務心態更是要不得，那天我已當場糾正她，老伯您就別放在心上。」

「我自己也有錯，在沒有遇到你們以前，滿腦的歪理、謬論，談不來的朋友認爲我古怪，年輕朋友認爲我愈老愈可愛。坦白說，在坎坷的人生道路上，後三十年我脚踩的是自己孤單的身影，以煙酒來痲醉自己，明知它們是我邁向死亡的禍首，卻甘心與它們為伍。在酒後，在繚繞的煙圈裡，腦裡卻經常浮起一個影子，她也是我不想死、怕死的源頭。」我說。

「老伯，」梁小姐聚精會神地凝視我，「您的愛情故事一定很纏綿、很動人，我們是否有緣先聆聽呢？」

「孩子們，人生苦短，歲月無情，我心靈中已醞釀了一個美麗的故事，待另日有緣重聚，它將是許許多多文字與文字的再重疊，屆時讓你們看、讓你們感，而不是現在說給你們聽。」

「我們何日有緣再相見呢？」吳大夫問。

「我是不得已，也身不由己地聽從你的命令，住進這間滿佈藥水味的病房裡；雖然是我的不幸，但卻慶幸認識你們，彼此內心裡也感應到有緣份的存在，這種地方我是橫下心，不想再來。如果有一天，你們突然間想起我老人家，請到鄉下煮茶暢談，需要我帶你們探訪金門的十三個陳姓村落，協助你尋找父親，隨時聽候你們的差遣，但願你們父子很快能相逢，闔家團圓的美好時刻，快速來臨。」

「老伯，我已從病歷表上記下您的住址，我們談得愈多，愈讓我感到急需緊握一雙未曾觸摸過的父親之手。誠然，我已長大，能獨立，有能力撫養母親，但我渴望父愛的心，比任何事物還强烈，也必須爲我含辛茹苦的母親，尋回她愛的伴侶，如果沒有父親的信息，我與梁小姐永不結婚，將繼續留在金門找下去。」

「你的重誓，對梁小姐來說，是不公平的。」我看看他，卻把目光停留在她臉上，「梁小姐，或許妳未來的婆婆只是賣點關子，想考驗吳大夫尋父的恆心和耐力。一旦她來到金門，整個事情也就明朗化，妳儘管安心地等待吧。當他認祖歸宗後，妳就是陳太太了。」

「老伯……：」她的雙頰微紅，低下頭，羞人答答地。

「來吧，」我舉起杯，「卡爾培紅酒既酸又澀，就彷彿我明日即將出院的心情；雖然短暫的相處，卻衍生了深厚的感情，如果分離能換來永恆的再相處，多好啊。」我飲下一大口。

「老伯，慢點喝，輕輕嚐它一小口。」他關心地說。

「我決定接受你們好心而善意的規勸，不吸煙，不飲烈酒。雖然酒能讓我緬懷過去，想起三十年前在港都認識的女孩，想起曾經許下要帶她回金門的諾言，想起我們牽手同登萬壽山，想起我們漫步在愛河畔，想起我們到過灣裡和西港……。」

「您到過西港？」他驚訝地，「我外婆家就住在新復村，老伯，您到過西港那一個地方？」

「三十幾年了，那是她的引導，只記得屋後有果園，屋前是田野。剛抵達時天空飄著微雨，就彷彿是我身旁的女孩一樣，有一份朦朧的美……。」

「後來呢？後來呢？」他急切地問。

「孩子，後來已從我的記憶腐蝕掉，依稀記得幸福是被一匹狼所呑噬。」

「您是說其中發生了很大的變故？」梁小姐睜大眼睛，側著頭問。

「雖然它在我心中烙下一個很大的疤痕，但此刻，已像剛退潮的海灘，沒有留下任何痕跡，大海裡也是一片平靜。」我說。

「這是否是造成你們分離的最大原因呢？」吳大夫問。

我點點頭。

「雖然你們都已年老，當有一天，因緣再碰面時，您還愛她嗎？」她緊接著問。

「或許它不再有青春時期光輝耀眼的火花，但我一直珍惜這份感情，永遠記得愛是不渝的深情。如果你倆各站在不同的定點上，身爲子女的你們，能接受他們那份遲來的喜訊嗎？」我說。

「如果他們受環境逼迫而分離，犧牲了三十餘年的青春時光，而現在又沒有家的牽絆；當他們心中的火花未完全熄滅，經過短暫的調適，我能理解，也贊成他們重新開創生命中的第二春。」吳大夫說。

「梁小姐，妳的看法呢？」我問。

「我與吳大夫的感受一樣，尤其人一進入老年，更需要有一位伴侶來相互照顧和扶持。他們希冀的是精神與心靈的慰藉，不是物質的享受。倘若我是他們的子女，絕對會認同這個事實，尊重他們的選擇。」她嚴肅地說。

「你們的分析和見解，讓我這個孤獨的老人倍感溫馨，如果蒼天有眼，人世間眞有緣份的存在，能尋回失去三十年的美好春光，此生也無憾。」

「如果我能找到父親，母親的際遇也與您相同，人生有許許多多的巧合處，老伯，我祝福您，也祝福我的母親！」

「不，該祝福的是你倆。相信你們的愛情已趨於成熟的階段，願你們能在這純樸的金門，完成終身大事。」

「我必須先找到父親。」

「相信你的心願會很快達成，倘若令堂能蒞金爲你們主婚，它的不凡意義，遠勝一切。」

他點點頭。

她笑笑。

然而，我矛盾的心彷彿跌落在深山谷底裡，在這佈滿荊棘的人生歲月，遍體鱗傷尙未復元，果眞還想冀望生命中的春光降臨；我的想法幾乎是童稚時的純眞，沒有老年人的穩重。是相信命運，還是信服緣份，已逝的歲月，未曾給我答案，讓我獨自在這茫茫的人海裡探索找尋；誠然，餘生已不多，生命中的黃昏暮色已臨，我是否有勇氣來接受這份事實。當孩子叫我一聲爸，當她再低喚我一聲小弟，在我達成心願時，是否能就此無憾地長眠不醒，抑或是要陪她們母子走一段長長的路，過一個漫漫的夜。我的思維停滯在此刻，不敢再想起這變化多端的未來。

孩子，夜已深了。你們明兒還得値班哩！因緣讓我們相識，因緣讓我們品酒暢談。那年的安平之旅，迄今仍能感受到不是巧遇，而是蒼天冥冥之中的安排。此時此刻，亦是如此。你們該祝福我遠離病魔，而不是依依不捨地要我續留在這兒，把故事說完。我的承諾只有眞，沒有虛。三十年的孤單歲月已醞釀成一個美麗動人的故事；當我攤開紙，握緊筆，定能如行雲流水般地傾瀉千里，不求它的完美，只求它的眞實。沒有激情的表演，只有纏綿的心靈表白。我們曾經懷疑過彼此的人品和酒品，但很快就被交集的心所推翻。孩子，你們的言談，願能化成不悔的諾言。歸鄉的路途既遙又遠，你母親已走了三十年，依然在原點。國共已不再對峙，時空不再受限。如果我們眞有緣，何須蒼天來憐憫；待明兒旭日東昇，陽光映照在青蒼翠綠的太武山頭。我們將同張雙臂，迎接她的歸來…………。

第四章

匆匆已過完生命中
　淒涼暗淡的春天，
燦爛的時光永不再回頭，
歸回塵土的時日亦已不遠。
來生是否有緣續成一家族，
還是形同陌路人……。

我拎著簡單的提包，走出醫院，嗆鼻的藥水味也逐漸地由新鮮的空氣取代。溫煦的春陽已在門外等我。吳大夫正忙著看門診，梁小姐輕挽著我的左手臂，她像一隻輕盈亮麗的百靈鳥，我彷彿是脚步沈重的老病貓。剛來時的恐懼和心悸，在即將離開時，則化成不捨的依依。

「老伯，」她微昂著頭，凝視我的是一對明晶晶的大眼，「別忘了要按時服藥，您也說過不再吸煙，不再飲烈酒。」她的聲音輕柔悅耳，更含蘊著難以言喻的關懷意。

我點點頭，微微地笑笑。

驀然，她那襲白色的制服觸動了我。

「梁小姐，妳請留步，現在是上班時間哩。」我別過頭，看看她。「生在這塊土地上，每條路我都熟。」

「吳大夫再三交待，務必要送您上車。」她坦誠地說，看不出有一絲兒勉强。

「如果有那麼貼心孝順的兒子和媳婦，」我長嘆了一口氣，「死也無憾。」

她依然掛著笑臉，默默地挽著我走著，似乎找不出妥善的語辭來回應我。

「金門地方小，路又近，歡迎你們常來聊聊。」我神情凝重地說。「我會陪著你們看看那蒼鬱的山林，湛藍的大海，探訪島上的陳氏聚落，幫吳大夫尋找失聯的父親。」

「老伯，經過證實，吳大夫果然是陳氏子孫。」

「告訴他，不必性急，尋父的事，並非是一個難題。雖然你們掛的是軍階，依現行規定，不但可以回臺探眷，也可安排眷屬來金眷探。謎題很快就能解開。」我停頓一下，看看遠處的山林，而後又說：「既然確定父親是金門人，更應當走出來，到處走走看看，瞭解金門的民情習俗。梁小姐，妳也是未來的金門媳婦，更要瞭解金門事，知道嗎？」

「實際上，我與吳大夫的心情一樣，想見他老人家，卻也怕見到。」

「為什麼？」我不解地問。

「他獨自生活了三十幾年，脾氣、個性，生活習慣，或許會有很大的改變，一旦眞的見面，不知彼此能不能接受？」她有所顧忌地說。

「人隨著歲數的增長，內心裡或許會失調而不平衡。你們是學醫、學護理的，相信比我更清楚。但人是有感情的，年紀愈大，人愈老，感情的渴望和流露更強烈；相信他會更珍惜這份遲來的父子情緣。」我說。

「但願如此。」

「春天已來到，美好的時光終將降臨在這片祥和的土地上，不久的將來，你們也將有一個溫馨美滿的家庭。然而，在這個以金錢掛帥的社會裡，眞正想懸壺濟世的，已逐漸地式微，別忘了要時時刻刻地提醒吳大夫，多爲鄉親服務，尤其是一些上了年紀的老年人，在國共對峙時，歷經九三、八二三、六一七等多次戰役，嚐盡了人世間裡的辛酸苦楚。雖然家園已重整，心靈的創傷卻難撫平、難彌補；身爲金門人，更不能忘記這段悲慘的史實。」

「沒有歷經砲火洗鍊的孩子，永遠長不大。老伯，我會記住您說過的每句話。實際上，我們也是懷著一顆熱忱的心回來服務，絕不會受到利益的誘惑。甚至吳大夫也提過，待我們退役後，將在金門開一家診所，除了爲鄉親服務外，也要免費爲貧困無依的父老義診。」

「但願這是一個神聖而永不改變的諾言。」

「放心吧！老伯，我們絕對能做到，不會令您失望。」

她爲我攔下一輛計程車。拉開車門，右手放在我頭頂的不高處，深恐我不小心碰撞到車門框。又堅持地付了車資。然而，我卻默默地承受著，生命中最可貴的親情，帶給我的溫馨，彼此內心裡，是否已感受到這份尚未解題的情緣。我多麼冀望她用那悅耳的聲韻，喚我一聲——老爸！

她佇立在路旁，甜甜的笑靨，彷彿是三月嬌豔的春陽；露出二排潔白發光的牙齒，輕揮著纖纖小手，聲聲的再見，聲聲的保重，蠕動我閃爍的淚珠。

「孩子，再見，妳也珍重！」

然而，這句話卻梗在我喉裡，久久說不出來。

計程車緩緩地走動，巨巖堆疊的山頭，青蒼翠綠的山林，天邊的浮雲，己逐漸在我腦後消逝。

「阿伯，」運將轉過頭，看了我一眼，「那位護士小姐是您女兒？」

「不，」我淡淡地說，「媳婦。」

「她待人很熱忱，又親切。」

「你怎麼知道？」

「我在內科看過病，」他正經地說，「還有那位剛來的吳大夫，除了醫術精湛外，對每位病人都很熱心，看起病來又細心。」

「弱勢居民，看慣了人家的臉色；一旦來了好醫師，我們都會感到很窩心。」我說。

「前些年，竟有盲腸炎被誤診成胃病，而不幸死亡的事件發生。那些蒙古大夫往往眼睛長在頭頂上。倒是少數醫術好的醫師待人較誠懇，較親切。」他說。

「眞正懸壺濟世的名醫，除了要有好的醫術，也要有好的醫德，一顆熱忱的待人之心更不可少。」

「來了名醫，是我們金門人的福份，但往往不會停留太久。一年半載又會被調回去。」

「這也是醫療水準提昇不起來的主要原因。空有設備，沒有專精的人才，等於虛設。聽說吳大夫有意要長期留在金門，爲鄉親服務。」

「那是不可能的，尤其是一位名醫，在臺北隨便兼個差，月入也有幾十萬，誰願意留在這個窮鄉僻壤裡。」

「如果他是我的孩子，我一定要他留下來。錢，總是身外之物嘛，造福鄉梓才有意義。」

他又轉過頭，用一對異樣的眼神輕描了我一眼。內心是否暗罵著：老頭，你別做白日夢，有位護士媳婦就該滿足了，還想有位醫師兒子！

然而，運將，你不要以一對鄙俗細瞇的眼來看我。人世間還眞有許許多多難料的事哩！只是我不願在此時告訴你，那吳大夫就是我兒子。當有一天你發覺他同是我們老鄉時，或許會到處打聽，是那個權貴家的子弟。而萬萬想不到，他的老爸，竟是一位在人生舞臺毫不起眼的糟老頭，要記得浯鄉有句俚語——

歹竹出好筍。

推開離別數天的古厝大門，除夕張貼的春聯依舊鮮豔朱紅。然而，冷寂淒涼卻上心頭。空蕩蕩的一落四櫸頭，露天的庭院，斑剝的紅磚牆，我的心彷彿是被白蟻啃食的福州杉木，留下杉旁一堆沒有生命的木屑。軀體更像破舊待修的古門板，不但門不緊，隨時還有倒塌的危險。暫且不管這樣的比喻是否妥貼，還是有失當之處。然而，去時的恐懼，回時的冷寞，已在我內心衍生一份無名的失落感。

我能理解孩子母親的用心良苦，也肯定孩子自我鞭策的恆心和毅力，尤其自幼沒有父愛的關懷，在幼小的心靈上，成長的過程中，所忍受的，相信是其他人的數倍。幸好，有位堅強識體的母親，陪他度過易使青少年墮落的危險期。如今，他的根已深植在醫界的土壤裡，我迫切地期待它的茁壯，展露出頑強的生命力，把綠葉延伸到太陽輻射處，讓鄉親享受綠蔭下的清涼。

此刻所思、所想，並不是虛有的夢幻，而是不久即可實現的事實。我必須把供奉先祖牌位的神桌擦拭乾淨，把簡單的傢俱重新排列整齊。牆壁上雖被借住的駐軍，敲釘得坑坑洞洞，但依然不失古厝的莊嚴。地上的紅磚，已被歲月的酸素腐蝕而剝落一層層的磚屑，但它卻是這古厝裡最踏實的表徵。孩子們，當你們跨過古厝的門檻，叩拜過祖先，陳家延綿不斷的香火將由你們來傳承。這棟代表著整個家族珍貴歷史的古厝，它只能維修，不能拆除改建。年節祭拜祖先，葷素皆可，不可只拜生力麵、蝦味先。誠然，祂們看不見八仙桌上的供品，但這卻是傳統的習俗；不要把新新人類那套「只要我喜歡」的鬼理論搬出來狡辯，更不能以「忙」來推諉、虛僞地敷衍一下，而卻有空餘的時間上酒店、打麻將、唱什麼卡拉OK，如果歌喉美好，音韻眞美，何不在浯鄉青蒼翠綠的太武山頭展露一番，讓佈滿青苔的巖石、讓天邊的雲彩、西下的夕陽、草地上的昆蟲、枝枒上的鳥雀，齊來聆聽。孩子，當冥紙焚燒成灰燼、當香爐繚繞的淸煙在祖先牌位前迴旋，當你們雙掌合十微閉眼，祈求祂的保佑時，那份虔誠、那份神聖、那份莊嚴，是古中國先賢遺留下來的傳統孝道；生長在這個自由幸福的時代裡，更要以一份感恩的心來面對這個世界。別忘了要以寬宏大量的心胸來包容人世間不如意的一切；也要以愛心揉合你的醫術，爲鄉親父老做更完善的服務，把「利」擺一邊，救人醫病放中間。當診斷上有了疑問與不解之處，萬萬不可以病人寶貴的生命當試驗，必須做妥善的會診，找出病源，對症下藥，以免造成終生的遺憾。孩子，在專業的領域裡，我雖然是門外漢，但一些粗淺的道理和知識，也略知一二，願你能以父母賜予你的智慧，激發你的潛能，突破學院教育，以現有的成就爲根基，創造一片讓鄉人引以爲傲的新天地。

孩子，你能嗎？

我相信，你能。

只因爲在你體內奔騰馳流的，是金門人的血液。雖然你的血緣因子是兩個不同省份的組合，然而他們的心早已揉合成一體，才有你的誕生。誠然在懷你時，你母親聖潔的身軀，曾遭受野狼的蹂躪，讓她留下永恆的汚點，也因此，不能踏上浯鄉這塊土地而遺憾。但當我們在安平重逢時，彼此心中依然是愛，沒有恨；當她坦誠地告訴我一切，內心裡的陰霾隨即幻化成無色無味的氣體。我能理解她是咬著牙把你撫養長大，但她卻沒有把你們母子度日如年的辛酸過程告訴我。而今，當你長大成人，卻要你自行踏上這塊陌生的土地、認祖歸宗。孩子，你的母親曾經被譏爲無情的剃頭查某；她是有情，或無情，已攤開在浯鄉高照的陽光下，且讓鄉親父老、世俗目光來評判、來公斷。職業沒有貴賤、人格亦無高低；不務正業、無骨無格的人，才會被社會唾棄。

孩子，你要以你有位以剃頭爲職業、把你撫養長大成人的母親爲榮。她或許也已做好歸鄉的準備，當她踏上浯鄉這塊純樸的土地，當她俯身親吻浯鄉芬芳的泥土。三十年的路途已不再迢遙，髮絲或許已斑白，皺紋也密佈在臉龐，相信她的脚步會像鳥兒般地輕盈，她的心也會像豔陽般地熾熱。浯鄉幽雅的環境，翠綠的山林，湛藍的大海，純樸的民風，善良的百姓，野狼難以在這片祥和的土地生存。隨著解嚴、隨著開放觀光的脚步，它已不受時空限制，不再是一個封閉的島嶼，也不會有令人心悸的砲火煙硝。然而，當她啓動歸鄉的脚步，我是否有勇氣，陪著你到機場迎接她，帶她入家門；還是躲在遠處的山林裡窺望。孩子，你們是否能體會、能理解，一對相處短暫、分離久遠的老人心境；他們是否能重溫三十年前同牽手、共枕眠的浪漫美夢？還是心已死、情已絕。你們受過完整的學校教育，在社會歷練多年，雖不能察色，總能觀言吧！當他們無言相對時，能從中爲他們拉上一條紅線嗎？線頭分繫在他們的心上，讓他們永遠永遠不再分離，終生廝守在一起。

燕兒在屋簷上不停地呢喃，我也不能繼續沉思默想下去。生命中綺麗的春夢終將要甦醒，不管明年春風來不來到金門，內心裡已有了盎然的綠意；庭院溫煦的陽光，已映照在簷前的紅磚上，下緣長滿綠色的青苔，是春雨過後留下的痕跡。然而，它卻禁不起豔陽的斜照，不久即將剝落脫離，歸回塵土。而人是否也如此，匆匆已過完生命中淒涼暗淡的春天，燦爛的時光永不再回頭，歸回塵土的時日也不再遙遠。來生是否有緣再成一家族，還是形同陌路人；未來並非是我此時該思索的，而在我思維蠕動的，卻是不符實際的矛盾。從前讓我緬懷，現在讓我躊躇，而未來呢？是內心裡矛盾與矛盾的再重疊，此生承受的悲淒和苦楚，總比旁人加多一點點：：：：：。

第五章

春風已吹遍浯鄉的田疇，
春雨也落在乾枯的草地，
愛的枝椏將萌起綠色的新芽，
老幹新枝更彌堅、更牢靠。
倘若沒有愛的根基，
生命中的綠芽也難萌起；
浯江溪潺潺的水流、
太武山頭盎然的綠意、
中央公路綠色的長廊、
許白灣沙白水清的海域，
將與我們共枕眠……。

在我出院後的沒幾天，那是一個春雨綿綿、霧茫茫的午後，他們撐著傘，踏進古厝石雕的門檻。紅瓦覆頂、燕尾馬背，這兒是我家？是他家？還是我們的家？已是無關他們蒞臨的最終目的。

他們異口同聲，必恭必敬地喚了一聲：

「老伯。」

梁小姐把帶來的盒裝水果放在八仙桌上。

「你們冒雨而來，是想看看我老人家，還是要打聽令尊的消息？」我笑著說。

「當然是先來看您啦！」梁小姐搶先說。

「但願你們這番心意，是自然的流露，不是現實的客套。」我拉出八仙桌下的長椅，「兩位請坐，也謝謝你們來看我。這種天氣理應是喝酒天，不過爲了要在人間多活些日子，我已戒了煙和酒。」

「眞的。」吳大夫高興地說。

「當然。」我簡單地答。

「您的毅力讓人敬佩。聽母親說，我父親也喜歡喝點酒。三十幾年前，他們曾經在港都，喝掉半瓶金門龍鳳酒。」他說著，雙眼凝視我。

「三十幾年前的事，她還記得那麼清楚。」

「從母親言談中的神色，她對父親的用情，絕對是又深又專。」他說。

「若非如此，不會要你回來尋根認祖。雖然姓氏只是一個家族的代表，但它卻是根的延伸；人活在世界上，不但不能沒有根，也不可忘了本。」我說。

「這是從課堂中學不到的知識。老伯，您不僅是我們的良師，也是最敬仰的父老；倘若有一天，能尋找到父親，相信你們也會談得很投緣。」

「我們同時生長在這片貧瘠的土地，歷經砲火摧殘、煙火瀰漫的苦難歲月，一旦見了面，會倍感親切，或許將成爲無所不談的好朋友。」

他們點點頭，相視地笑笑。

「你們坐坐，我煮茶，反正這種天氣也不宜遠行，就在家聊聊吧。」我說著，逕自移動脚步，而內心裡卻交織著人生歲月中的悲和喜。喜的是，他們的來臨，讓我孤單的心靈，如沐浴在一個溫馨的家庭裡；悲的是，始終欠缺一份、難以先啓口低喚一聲孩子的勇氣。當有一天，謎題被解開時，他們是否會誤認我虛僞不實呢？孩子，說來可憐，怎麼竟連父親的名字也不知道，是否能認同你母親對你的考驗，還是怨恨她沒告訴你詳情。竟讓你迷迷糊糊地，不知道坐在你身旁，歷經折磨與創傷的老年人，就是你欲尋找的父親。三十餘年來，是什麼力量支撐著他免於彎曲與背駝的腰幹？又是什麼力量讓他默守著這棟古老的屋宇、奉祀著列祖列宗的神主牌位。三十年一覺是永不甦醒的美夢，還是觸目驚心的惡夢？內心交織的是一份茫然和苦楚。

面對著司令灶君，茶香隨著蒸氣繚繞著，沸騰的茶水，彷若我體內鮮紅的血液在奔馳。孩子尋父的心迫切、堅決，我是否能就此果斷地定奪，要他下跪叩拜祖先，免得他耗費時間和精神，到處尋找。雖然身爲金門人，是該踏遍這片土地的每一角落，瞭解姓氏聚落的分佈、瞭解鄉土民情習俗。然而，這個時機似乎尚未成熟，還是該說，父子相認的緣份未到。

「喝杯熱茶吧。」我爲他們各遞上一杯，「三十年前到西港，正是這春寒料峭的時刻，滿地泥濘，細雨從三輪車上的帆布縫口，直吻著我們的臉龐……。」我說著，長嘆了一口氣，啜了一口茶，「回憶是多麼地令人愜意啊……。」我含笑地做了一個誇張的手勢。

「老伯，坦白地說，和您在一起，讓我們領悟到長者的風範、親情的溫馨。根本沒有意識上的代溝存在著，但願我的父親能有您的風采。」

「人生就彷若一個大舞臺，每個人扮演的角色不一樣，凡事隨緣吧，不必刻意去追求。此生能成爲一家族，也是緣啊……。」

「老伯，想當年陪您同赴西港的女孩，一定很美囉！」梁小姐斜著頭，俏皮地問。

「人對美的詮釋，往往有不同的認定。她的美，是內在的嫵媚，不是外表的亮麗；是姿態的端莊，不是身軀的妖豔；尤其她頰上的那對小梨渦，迄今依然存在我深深的記憶裡。」

「我媽也有一對很美、很迷人的小梨渦。」吳大夫說著，指著自己的臉頰，「您看，我這個梨渦，就是遺傳自母親。」

我點點頭。含笑地點點頭。

是的，孩子，你母親把最美的標誌遺傳給了你，而父親傳給你的是什麼？或許，只是金門人那份傻傻憨憨的氣質。

「如果有一天，您遇見我媽，相信也會談得很投緣。」吳大夫又說。

「怎麼講呢？」我問。

「你們有共同的相似處，條理分明。」

「但願有這份榮幸。如果能像我們無拘無束地暢談，天南地北地閒聊，儘管地域不同，習俗有別，但同爲福佬，用閩南語言來表達，不投緣也難。」

「有時也讓我奇怪，幾顆檳榔能讓她消磨整個上午。她削削停停，看看想想；當然，她想的是以前，不是現在。」他說完，看看我。

「伯母心中，或許蘊藏著一段少女時期尚未褪色的綺夢吧。」梁小姐看看他，又看看我，「回憶讓人感到甜美，感到快樂。」

「不錯，美好的回憶能讓人心生怡悅，惡夢卻能讓人遺憾終身；人生所歷經的，沒有樣樣兩全。當我們緬懷過去美好的時刻，微笑會從心中起。而當思維被惡夢盤纏，心中除了有恨、有怨、也有嘆！」我有些激動地，「你們此時，是置身在幸福中，不是在它的邊緣兒，更要珍惜現在所擁有的，別讓到手的幸福又溜掉了。」

「您放心吧，在愛情的路上，我們雖然走得很順暢，在專業醫務上，也沒受過挫折，但我們依然會秉持初衷，小小心心地跨過每一道關卡，讓歲月來考驗我們，讓時間來證實一切。」吳大夫說。

「梁小姐，妳的看法呢？」我問。

「坦白說，情海彷若大海，男女共乘的是一艘禁不起風浪吹打的小舟，從認識到現在，我們一直沐浴在溫煦的春陽裡。從身旁掠過的，是微微的春風；在舟上看到的，是碧波無痕的大海。老伯，我們不願輕嚐愁滋味，而是要面對未來的幸福。」她說。

「如果你們不嫌棄，我倒希望你們能在金門舉行一場傳統的婚禮。古厝裡的眠床和龍鳳被，鄉村裡的人情味，許許多多都市裡見不到的儀式，將逐一地出現在這個純樸的農村裡。」

「倘若此時面對的是自己的父親，多好！」吳大夫略帶傷感地說。

「有時也讓自己感到好笑，我彷彿不是你們的老朋友，也不是你們心中的老伯，竟像一位父親那麼地關懷你們。」我說。

他們訝異地看看我。

「對不起。」我有些歉疚地，「我老人家失言了，並不是想佔你們的便宜。」

「您對我們的關愛，與父親並無兩樣，讓我們倍感溫馨；如果我爸能像您，足可見我媽年輕時的眼光不差。我眞怕遇到一位脾氣暴躁、欠缺理性的老年人。」

「佛家所謂：福有福報。相信令堂和你都是有福份的人，若眞碰上這樣的父親，也必須認命。世界上沒有不愛子女的父親，被子女摒棄的更是少見。父子緣、母女緣、夫妻緣，早經天定，根本沒有反悔的空間和餘地。如有其他不可抗拒的因素，就姑且把它歸咎於命運吧！」

「有時命運也會戲弄人。」梁小姐笑著說，「說不定吳大夫要找的父親，就住在這個村落。」

「我從小在這個村子裡長大。村裡只有八十餘戶人家，與我同齡的更是少數。在三十年前戒嚴時期，從事的都是艱苦的農耕工作，那有機會到臺灣。」我爲他們解釋著。

「我媽對宗教的信仰，並非走火入魔，但對佛家這個『緣』字，卻情有獨鍾。我看咱們也別耗費精神到處尋找，把她請到金門來，不就OK了嗎？讓老天爲他們續一次良緣吧！」

「這是一個好辦法。」梁小姐拍起手，「下個月我們就可返臺休假，先爲她訂好來金的機票，屆時再慢慢來說服她。」

「萬一她不肯來呢？」我問。

「除非她心中，對父親已沒有了愛。」

「『近鄉情怯』這句話你們懂嗎？我已是一個即將垂死的老年人，深刻地瞭解老年人的心態。他們已分離了三十餘年，受到時空的丕變、社會的變遷，誠然心中還有愛，也需要短暫的時間來調適，千萬不可强行說服。讓它自然地衍生，將來返鄉的路途，才會更平坦，心中也會更坦然。」

「回金門是母親的願望和夢想，她要我先回來的目的，或許是深恐父親的影像不能立即進入我的內心世界。如依心理學來研判，她在心理上，已先有了一番準備，尤其是前年，因緣與父親再相逢……」

「因緣再相逢？」沒等他說完，我重複他的話，神色凝重地問，「在何處？」

「安平。」他說。

「令堂還告訴過你什麼？」我緊追著問。

「把三十年來的遭遇，全告訴了父親，而不是告訴我。」

「爲什麼令尊不留在安平呢？」我再問。

「她並沒有告訴我前因和後果，只長嘆了一口氣，而後淚流滿臉地唸著——『倘若蒼天有眼，歲月有情，我將重臨安平，追尋生命中的眞愛，以度餘生………』」

我想這一定是父親臨別時說的話。」

「或許他不敢冀望你們回金門，而是要到安平依靠你們。由此可知，他對你們母子，仍然存著生命中不可更改、無可取代的眞愛。」

「我能理解父親的心境，他能對母親說出那麼感性的話，相信有很深厚的文學功力。」

「自古有明訓，人是不可貌相的。在我們短暫的人生舞臺上，有些人要的是假把戲，有些人是深藏不露，不管他是基於什麼，總是自然的流露，愛的昇華。」

「怎麼我一直感受到，彷彿我父親的思想，已進入您的內心世界。」

「或許是同齡的關係吧。吳大夫，你別誤解，我是依常理、做判斷。」

「不，沒其他意思，和您在一起，如同沐浴在父愛的光輝裡。」

「我理解你渴望父愛的內心表白。我突然想起，梁小姐剛才的意見很好。還是讓令堂先回金門看看吧。一旦連絡上了父親，其他事可慢慢地克服。相信蒼天有眼，歲月有情，讓彼此永不再分離。」

「謝謝您，老伯。當我們全家團圓時，將邀您爲嘉賓。我將以茶代酒，先敬您兩大杯。」他興奮地說。

「不。」我搖搖手，「屆時我要的是酒，而不是茶和白開水。人生難得幾回醉嘛！在那美好的時刻，我不但要重嚐高粱酒的醇香；當我醉茫茫的時候，也要告訴你們一個久遠的故事。」

「久遠的故事？」梁小姐睜大眼睛，凝視我，「您不是說要以文字來傳承嗎？」

「是的，我曾經說過，當我難以啓口時，文字是最好的表達方式，也是我青春歲月的最好詮釋。」我說。

「我一直深感，父親在我心中始終是一個難解的謎題，怎麼從您身上也嗅到這種況味。老伯，您就爽爽快快地把故事說給我們聽吧！」吳大夫笑著說。

「是啊，老伯。」梁小姐附和著。「下雨天，說故事天嘛！」

「孩子，一旦我啓口，故事的內容將讓你們感到訝異和不可思議，這也是我心靈中難以承受的。」

「您曾經爲愛而傷神，而失志？」吳大夫問。

「沒有，只是不甘心已到手的幸福又走遠了。」

「如果故事重新發展，老伯，您自信能抓住幸福、掌握幸福嗎？」

「故事只有過去，沒有重新；只有以前，沒有將來。不管用任何方式來表達，你們永遠是我欲傾訴的第一對象，也是最後一名聽衆和讀者。」

「我們將洗耳聆聽，拭目以待。」梁小姐高興地說，「但願我們心中這份夢想和期待，不久即可實現。」

「坦白說，我內心裡已有了一番準備，會專心來記敘這個故事，把它經營成一篇動人的文學作品，讓大家同感這份事實，而不是虛僞地杜撰。」

「什麼時候可以完成呢？」吳大夫閃爍著一對期待的眼光，看看我。

「腹稿已完成，校稿已在我腦中謄錄中，當我喝了團圓酒時，它將一字不漏地複印出來。」

「團圓酒？」吳大夫迷惑地看著我。

「你不是說過要邀我爲座上賓嗎？」我頓了一下，又說：「喔，對不起，老昏了頭，竟忘了加上『你們』兩個字，倒以爲喝的是自家的團圓酒。」

「如果我們能成爲一家族，該有多好！我害怕一旦找到了父親而疏遠了您，果眞如此，是失，而不是得。」

「放心吧，孩子。我歲數雖大，腦卻未昏，這份可貴的情緣，我不但珍惜，也非常重視。倘若失去了你們，我會更孤單，也會想到要重新吸煙、重嚐烈酒，讓它們一起來侵蝕我的腦細胞，讓我不能再緬懷過去，想起從前。你們忍心看到這幅情景嗎？」

我說完，內心竟湧起一份無名的傷感。眼眶裡彷若綿綿春雨中的庭院，陰陰沉沉地濕了一大片。

他們同時站起，吳大夫雙手握緊我的右手，梁小姐則輕挽我的左手臂，我失態的形色，也讓他們感染到這份悲悽的況味。孩子，父子連心已不自覺地在我們內心裡滋長，相繫的距離也愈來愈短。綿綿春雨後，將是盛夏的好晴天，內心裡的陰霾，終將被普照的陽光所呑噬。何日能迎接你母親的歸來？相信是在不遠的時光裡。古老的屋宇，將有我們的歡笑聲響起，右廂房是簇新的傢俱和被褥，左廂房是古式的眠床和油燈。你們是新時代的一對，我們是老一輩的表徵，這是上天恩賜的良緣，不是强行的組合。誠然，你母親歷盡滄桑，遭受蹂躪，但在我心中，卻是完美無缺的。當有一天你們看完我青春歲月時期的剖析，我不冀望你們的認同，卻請肯定我們的深情。三十年歲月雖已過去，心中的的愛卻未遠離。春風已吹遍浯鄉的田疇，春雨也落在乾枯的草地，愛的枝枒將萌起綠色的新芽，老幹新枝更彌堅、更牢靠。倘若沒有愛的根基，生命中的綠芽也難萌起；浯江溪潺潺的水流、太武山頭盎然的綠意、中央公路綠色的長廊、許白灣沙白水清的海域，將與我們共枕眠……………。

第六章

今日懷抱失望而歸，
他日必將滿載希望而回。
大地雖然濃霧瀰漫，
但我們不會迷失方向；
雙旁翠綠的草木依稀，
坡上的紅壤土依舊；
腳踏堅硬的水泥路面，
雙眼凝視幸福的未來。
孩子，
蒼天已把我們熔為一體，
你們是我永恆的依靠……。

吳大夫告訴我，他母親已接受遊說，決定來金門。

依常理，她來探望兒子，看看未來的媳婦，是極其自然的事。然而，她肩負的，卻是要爲兒子安排一場父子會；當然，不是盲目尋找。那年無意中在安平重逢，彼此腦裡默記的，是雙方永不改變的居所。金門地方小，條條道路都難不倒計程車司機，她可以雇車直駛這個純樸的村落，在古厝前的紅土埕停下，推開福杉大門，高喊一聲已是老年的小弟。而當孩子喊聲老爸，我們是該在這一落四櫸頭的庭院裡擁抱痛哭，還是默默無言相對。人生的際遇，歲月的反覆無常，讓我倍感無奈，讓我深深地感到，彷彿活在痛苦的深淵裡。

海島的氣候，雖與季節的變幻有所關連，但在這春末夏初的季節裡，不是雲層偏低而下雨，就是濃霧瀰漫在原野、在山頭。在導航設備未改善前，機場隨時會受氣候影響而關閉。誠然，它美其名爲『停泊在廈門港口不沈的戰艦』，但仍然得看海洋大氣的臉色：飛機的起降，由不得人們自行操控。

孩子爲母親訂的是大華航空十點五十五分由臺南飛金門的班機，他們邀我同赴尚義機場相迎。然而，在他們尚未解開謎底前，捫心自問，我憑什麼？經我再三地婉轉推辭，仍然無法解除他們的堅持。

「老伯，」吳大夫有些激動地說，「在我尚未找到父親前，您是我們在金門最敬愛的長輩，最談得來的長者。前些日子返臺休假時，我曾多次向母親提起，她喜悅的形色，簡直難以形容。她認爲這是緣，我們也相信這是一份難得的老少情緣。」

「你們別笑我頭腦呆板，頑固不化。我與令堂素昧平生，冒然地陪著你們去接她，不覺得太唐突嗎？一旦見了面，我該如何來稱呼她呢？」

「我媽是一個很隨和的鄉下人，她也不習慣人家稱她太太或女士，您就叫她秋蓮不就得了嗎？」

「那麼，我就叫她秋蓮姐吧！」

「老伯，您眞行，怎麼突然間想起一個既感性又親切的稱呼。」他興奮地說，「我媽的年齡不會比您大，當她聽到您喊她秋蓮姐，不高興才怪！」

「這是禮貌，總不能叫她秋蓮妹吧。」

「同齡的老年人，還能以兄姐相稱，在這個年代裡已屬少見，尤其是您的一聲秋蓮姐，連我都倍感悅耳。」

「別高興太早，屆時讓令堂笑話，別忘了聯合梁小姐，替我擋擋，解解圍。我年紀雖大，但也懂得羞恥，更會臉紅。」

「老伯，您眞愛說笑。」梁小姐笑瞇瞇地說，「從您的言談行事，都能面面俱到，有條不紊；這點小事，絕對能應付自如，怎麼突然間多慮了呢？」

「並非我多慮，而是替你們設想，一位陌生的老人家，加入你們的接機行列，當事人是驚，還是喜呢？」

「老伯，」吳大夫突然拉起我的手，極端愼重地說：「我媽不是驚，也不是喜，而是高興！」

我搖搖頭，無語地沈默著。孩子，你們是强我所難，還是已從你們母親口中得到一些蛛絲馬跡？你們是想親眼目睹我們相見時的那份窘態，還是想看看我們久別重逢、相互擁抱的情景。雖然，我曾年輕過，但無法進入你們的思維裡，不知你們想的是什麼？倘若你們想儘速地掀開謎底，那也不該在此時。

「好。」我擊了一下掌，「既然能讓令堂高興，我老人家就陪你們走一趟！」

他們拍著手，像鳥兒般地雀躍著。

「坦白說，我腦裡一直有一個構想：如果令堂不嫌棄，古厝的房間很多，你們就輪流陪她住這兒。雖然是鄉下，但環境淸新幽雅又安靜。」

「眞的，」吳大夫訝異地，「這是我們想說而不敢講的內心話，你眞是太瞭解我們啦！」

「老伯，話先說在前頭，」梁小姐笑著，「如果有一天，我爸媽到金門來，也要住這裡喲！」她瞄了一下吳大夫，「可不能厚此薄彼。」

「那當然，那當然。只要不嫌棄，隨時歡迎。萬一讓人家不滿意，」我握緊拳頭，比畫了一個想捶她的手勢，「就找你們算帳！」

他們相視地笑出聲來。

然而，我能笑嗎？不能。心中是憂多於喜的輕愁。往後的生命裡，是碧波無痕的大海，還是要再歷經風浪的侵襲？一切得由上天主宰，我們毫無改變它的能力。經常地，我們把好的一面、善的一方，歸功於緣份，而相反的，卻歸咎於命運。這樣的說辭，是否公平、是否能令人信服，讓人接受？

或許，他們已從我們相處的這些日子裡，窺探出潛在我思維裡的一些祕密，謎題終究要被解開、戲也臨近落幕的時刻，而我卻沒有把應有的角色扮演好，聆聽一次生命中未曾有過的掌聲，好讓孤單鬱悶的心靈上，充滿著喜悅和溫馨，讓思維裡，不再有噩夢的糾纏。

甜蜜幸福的日子即將來到。當大華航空的班機滑落在那片銀灰色的地面，雙旁的木麻黃將搖曳著迷人的丰姿、天邊也將飄起醉人的雲彩，微風輕輕掠過跑道旁的草木，上下起伏躍動的心，將隨我凝視每位下機的旅客。而當那熟悉的身影在眼裡出現，喜悅是否能取代內心裡的陰霾？

當思維逐漸冷卻，不再有任何的雜念浮動，面對的是要服侍我餘生的兒子和媳婦，不敢冀望他們能盡三十六孝，只要瞭解自身的角色就好。「孝」字寫來簡單，實行亦不難，就端看雙方對「孝」字的認定。有人重視官能的享受，有人需要精神的慰藉；儘管能面面俱到，也會有疏失的時刻，我們能就此認定是「孝」，還是「不孝」？往後的歲月有限，代代相傳是必經的過程。孩子，我們心中存在的是不同的情緣，迎你母親進入古厝大門後，將在適當的時機，送你們入洞房。人生如戲，戲如人生；好戲在前面，而不是在後頭，你們能從其中悟出眞理嗎？

「老伯，」吳大夫把我從沈思中喚醒，「如果班機準時起飛，再過二十分鐘，即可抵達金門上空，我們該出發了。」

「你倆抬頭看看，太武山頭霧茫茫，尙義機場地勢低，又臨海，常遭山霧海霧群起籠罩，今天吹的又是南風，濃霧更不易散開。」

「依您老人家的看法，飛機能不能降落呢？」梁小姐關心地問。

「除非南風轉北風，風力强勁；要不就必須炎陽高照。」我解釋著說。

「如果飛機因霧而取消，母親返鄉的路途將更遙遠。」吳大夫嘆了一口氣，「眞是好事多磨。」

「天機難測，有時也讓人感到意外，說不定飛機已在尙義上空盤旋，正準備降落哩！」

「那我們就上路吧。」梁小姐說。

孩子滿懷喜悅的心情，也因我對氣候的解說而低落，海島的天氣，不像晚娘般地善變，而是像繼父地，隨時會翻臉，早晚的溫差，濃霧的瀰漫，最新式的導航設備也起不了作用。孩子，你就忍忍吧，你母親返鄉的路途雖然遠了一點，今兒進不了家門，還有明天；茫茫的霧氛終究敵不過强勁的北風、高照的炎陽，等待是希望的前奏曲，不是休止符。不管今天她能不能回到金門，我們何不趁機飽覽浯鄉怡人的景緻。道路的雙旁正在拓寬，險彎處已築上護堤，鄉人引以爲傲的中央公路已架上路燈，並重新舖上烏黑光亮的柏油，所經之處，必是一片蓬勃的新氣象。孩子，令人心悸的砲火煙硝已遠離浯鄉這片純淨的土地，我們也不再飽受戒嚴時期，軍管體制下的可怖，你們不僅是幸福的一代，也是充滿著希望的一代。

我告訴運將，把車停在臨近左轉的路旁，視野依舊是白茫茫的一片，紅壤土坡上的草木，滿佈著晶瑩的小水珠，春天剛萌芽的枝枒，已展露嫩綠的丰采，潔淨的水泥路面，有我們不同的脚步聲響起。是躑躅，是漫步，聽鳥聲，看美景，各有各的樂音，各有各的心情和感受。

「吳大夫，」我笑著，企圖打破這沉寂的局面，「別把那張俊逸的臉繃得緊緊的，你看，梁小姐也不說話了。」

我說完，隨即引來他們的笑聲，繼而地又說：

「大家難得一起出來，走在這片寬廣的人生大道，眼前是濛濛的霧氛，雙旁是翠綠的草坪和花木，迎面是微微的和風，這是一幅多麼難尋的情景啊！倘若因天氣不佳，令堂不能如願返金，但別忘了，今天過後，還有明天，還有後天，還有我們人生中一串串長長遠遠的日子，要懂得欣賞眼前的美景，別把失望的陰霾，放在心中。」

「老伯，這幾天，我們值的都是白班，預約門診的，已有幾十位，三天也看不完。」吳大夫無奈地說。

「你們不是說過，我陪你們來接機，令堂會很高興嗎？既然你們有公務在身，把飛航的時間告訴我，由我來迎接。」

「旅客那麼多，您怎麼辨認呢？」梁小姐說。

「我會站在入境的大門口，看到女士就問：『請問是不是秋蓮姐？』不就得了嗎？」

「老伯，您不愧是我們最敬愛的長者，我們擔心的問題，您的一句話，全就解決了。」吳大夫說。

「不過我有一點善意的建言，雖然令堂返金的主要目的，是要讓你們父子早日結緣，然而，在這春末夏初的季節裡，氣流的不隱，霧季尙未遠離，從安平到機場又是一段不近的路程，萬一明後天的氣候依舊，讓她來回奔波，實在有不妥之處。」我說。

「您的意見呢？」

「時序一進入小滿，天天是炎陽高照的好晴天，雖然氣溫高點，但也不會像七月火爐般地悶熱。」

他凝視著前方，輕輕地擊著掌，而後停下脚步，轉回頭，重擊一下手掌說：

「老伯，就以您的高見爲意見吧。不過，我們得把話說前頭，在我尙未與父親連絡上，不管我媽什麼時候到金門，您一定要陪我們接機，而且要暫時借住您的古厝。」

「我們老少三人，簡直已到了心連心、形影不離的地步，彼此是坦誠地面對，不是虛僞地應付。你們所交待的事，就如同我自己的事，絕不會讓你們失望。」

他們的笑靨，是三月裡盛開的杜鵑，一片嫣紅。他們的喜悅和歡欣，彷如枝枒上跳躍的鳥雀，輕盈自然。梁小姐禮貌地攙扶我的手臂，一份老年人的優越感隨即在我內心裡迴旋。左邊是媳婦，右旁是兒子，不久的將來，當一個小生命降臨人間，他必定以家鄉的語言，喚我一聲：「阿公！」

過了貨運站，排班的計程車，彷若是一條黃色的巨龍，飛航班次的取消，已沒有客人可招攬，他們索性在行李箱上，玩起撲克牌。

搭機的旅客擠滿候機室，航空公司的櫃台張貼著：「氣候欠佳，暫停報到」的紙條。然而，歸心似箭的旅客依然等候著天氣的好轉、濃霧的消失，好讓班機能按時起降，讓該來的能來，該走的能走；但往往天不從人願，望天興嘆的無奈，不是寫在臉龐，而是刻畫在每個旅客的心上。

穿過左邊的長廊，牆上的電動飛航班次表，出現在螢光幕上的不是準時，而是延誤。然而，它到底要延到什麼時候，是日薄西山、還是夜霧又茫茫？

我們從入境廳的大門走出，花崗石舖設的地板，吸水力比不上古厝裡的紅磚；滿地的泥脚印，霧絲沾滿我們的髮際，孩子們是否也感染了我蒼老的心境，久久，久久，聽不到他們的話聲和笑聲。

眼前石雕的風獅爺，竟公然地把生殖器展露出來，它能鎭邪，抑或是擔負著守護浯鄉微開的門戶。這已涉及到民間傳說和歷史考證，在缺乏有力的佐證下，焉能妄加論斷。

他們攙扶我步上層層的階梯，我們佇立在收費停車場的路邊上，航空站巍峨的建築，跑道旁的木麻，依然是白茫茫的一片。尙義的出海口，也被濃霧所籠罩。計程車一部部地駛離，我們也必須步向歸途。今日懷抱失望而歸，他日必將滿載希望而回。大地雖然濃霧瀰漫，但我們不會迷失方向；雙旁翠綠的草木依稀，坡上的紅壤土依舊；脚踏堅硬的水泥路面，雙眼凝視幸福的未來。孩子，蒼天已把我們熔爲一體，你們是我永恆的依靠…………。

第七章

突然間，
我感到死亡不再可怖，
宇宙有生亦有死，
它們依然處在一個平衡點；
只是死必須要有尊嚴，
爲什麼臨死還要承受
那麼多的苦難！

前些日子，或許是氣候的遽變受了點風寒，終日打噴嚏、流鼻水、咳嗽、頭昏、胸悶、呼吸困難，這些小毛病曾經也患過，往往都是不藥而癒；而這次，似乎有愈來愈嚴重的趨勢。我就近在村裡的小店舖，買了一盒感冒藥，服過後，原以爲它眞能止咳、鎮痛，解除我體內所有不適的症狀，然而，它並非如我想像中的萬靈丹，一點也起不了作用。

人，一旦進入中年過後的半老年狀態，體內的各項器官，都會明顯地退化，抵抗力也極端的薄弱，加上原有的一些宿疾，一旦併發起來，已不是在塋前徘徊，而是要在地裡長眠。儘管醫藥、醫療水準已進入廿一世紀的高科技時代，換心、換腎、開胸、剖肚樣樣來，然而，以前少見的病疼，卻也相繼地衍生，各種「癌」的形成和病變，讓醫界窮以應對，人們談癌色變，並非恐懼自然的老化和死亡。

孩子們或許是公務繁忙吧，已足足有十幾天沒到鄉下來了。這樣也好，免得看到我這副狼狽相。幾天下來，我的體力也因胃口的不佳、食量的減少而虛弱，一起身、一離床，頂上的福杉樓板就隨著我旋轉，彷彿要塌下來般地讓我心悸，想嘔，尤其是腎火的上升，滿嘴苦澀。昏昏沉沉地躺在床上度日，有時竟也惡夢連連地、夢見妖精鬼怪、牛神蛇鬼，祂們吞噬著我的靈魂，襲擊我的身軀，胸口彷若千斤巨石重壓著，讓我喘不過氣。冷汗濕透了我的內衣裳、雙唇滾燙，裂痕疼痛難忍，我似乎已在死神的招換下，一步步地走向地獄之門，在陰曹地府裡漫步著……。

醒來時，我的左手腕纏著醫用膠布，長針扎進微鼓的血管裡，鵝黃色的液體，順著透明的小膠管，由針孔流進體內，維持我脈搏的跳動，以及微弱的生命。我身躺的，是醫院三F的病房裡，不是巨巖下的洞窖中；死神雖然釋放了我的肉體，卻奪走了我的健康。我的意識清楚，卻不能語言，手能動，脚無力，心絞痛，呼吸困難，還有許許多多讓我感到難受的地方，只因爲我不是醫師，不能說出罹患的是什麼病症，只感到活著是痛苦，是受罪。其他，對一位遭受病魔折磨的老年人來說，並沒有什麼意義。

推門進來的是一位中年醫師，緊跟著的是吳大夫和梁小姐。他們快速地走近我的床沿，吳大夫把著我的脈，輕按我的額頭。我清楚地聽到梁小姐喊我好幾聲老伯，又輕握我的右手。然而，我只能蠕動雙唇，用一對疲憊無力的眼神來代替一切，我的舌頭已僵，胸口疼痛，只能張口換氣，不是用鼻來呼吸。我聽見吳大夫告訴他們說：

「對不起，主任。老先生是我的親戚，他的病情不輕，我必須幫他轉院，以便就近照顧。」

他點點頭，而後低聲地交談著。他們凝重的神色，彷若我失去健康的身軀。如果能就此長眠，不再甦醒，該有多好，我將失去知覺，永遠不會感到痛苦。如今，雖然尚有一絲微弱的生命存在著，往後必將是苟延殘喘地度餘生，甚至還要連累未曾入家門的秋蓮，以及父親欄尙是空白的孩子。三十年是一段悲傷苦澀的歲月，幸福只從思維中掠過，並未享受它的溫馨。孩子，此生我虧欠你們母子的何止千萬和萬千，在你母親尙未安排我們相認的此時，卻讓你倆爲我操心費神。轉院是否能減輕我的病情，還是挽回我的命運。當有一天揭開了謎底，眼前這位垂垂病危的老年人，竟是你們費盡心思尋找的父親時，你們心中，將感受不到父愛的光芒，而是一顆即將殞落的孤星。你們心存的希望終究要落空，而我卻慶幸，有你們送我上山頭，管它能不能抵達西方的極樂世界，我將無憾地走向盡頭。

迄今我仍然不清楚，是那一位好心的鄰居把我送到醫院來的，又用什麼方法把我抬上三F的病床上，如果是不人道的拖和拉，也是無可奈何的事。而此刻，我是一個很有尊嚴的病人，護理人員小心地扶起我，讓我平躺在附輪的擔架上，爲我蓋上天藍色的被單。她們是懷抱著愛心，展現著南丁格爾燃燒自己照亮別人的精神，還是看在吳念金醫師的面子上，以目前這個現實的社會來衡量，想必講的是相互利用的人際關係，愛心和服務就暫時擺一邊吧！

從我時而微閉，時而張開的雙眼、從我的聽覺和意識中，孩子心中所承受的，是一份難以言喻的苦楚，儘管我們身處的，依然是沒有任何名分與地位的朋友關係，但老少情誼的進展，已是心中不能承受之重，它勝過一切，超越一切，只是我已不能用任何語言來表達對他們的謝意，一切盡在不言中，而這無言中，又有誰能親歷其境，去深思、去體會。往往，人看的是外表，是一層經過粉飾、禁不起考驗的假面。我能意識到，他們焦躁地輕扶著床的兩邊，急促地跟著前進。我的左胸口疼痛難忍，深入血管裡的針頭，讓我不能作任何掙扎，把一切痛苦展露在多皺的臉上。咬緊牙，閉上眼，忍受著前所未有的病痛煎熬。呼吸的困難，腿部的酸麻，體內的器官，多數已失去了運作的功能，這是否意味著死亡的預兆，還是已到了生之盡頭。如果此刻生與死讓我自由選擇，我寧願放棄生，選擇無思無想、沒有牽絆的死。唯有如此，才能緊閉雙眼，求取莊嚴神聖的自我解脫，如果毫無尊嚴地求生，處處要人服侍、攙扶、餵食，甚至便溺也不能自己，試想，它的存在能爲別人、能爲自己帶來什麼？是快樂？是幸福？還是累贅？在我毫無能力求取解脫的現在，一切歸還賜予我生命的上天，由祂們來主宰。

護理人員把我推上救護車，下一站可是我人生的最後一段旅程。孩子將會運用一切資源，絞盡腦汁，想盡方法爲我解除病痛，他們也會眞誠而細心地照料我的一切。誠然，我已不能陪他們品嚐卡爾培紅酒也不能爲他們敘述一個美麗的故事，更不能陪伴他們到機場，迎接他們母親的歸來。夫妻緣、父子情已逐漸地從腦中消失，如果命運之神能憐我，死亡之神不再向我招手，人間還有愛神的存在，或許，我們團聚的日子不再遙遠，三十餘年未曾綻放的花朵，也將在此刻盛開。然而，我們是否有那份榮幸來欣賞它，抑或是讓它盛開後又自然地枯萎、凋零。

救護車鳴起令人厭煩的汽笛，雖然它是善意地、要急速地把我送達另一家醫院，做最妥善的醫療，但那聲音，像極了出殯時的聲樂，那麼地淒涼，讓我煩躁和不安，彷彿此時我已躺在黑色的棺木裡，正等待黃土的覆蓋。而棺旁的孩子，他們是否依傳統的禮俗，就地抓起一把土，含淚地洒在棺木上，而後獨留我在這荒郊野外的山頭，任風吹、雨打、日曬，任身軀化成一灘屍水，留下一堆白骨。

我明顯地感到，身體已失去了平衡，車速略爲緩慢，它正吃力地行駛在坡道上。過一會，或者是我們人生中的一霎時，我將隨車進入曾經來過的長廊裡，雖然腦海已不能浮起任何印象，但卻是與孩子結緣的地方。當他們把我抬下車，白色燈光將映照我泛黃多皺的臉，以及一對無力微閉的眼，一頭散亂滿佈雪霜的髮絲，我是否有幸聆聽到，

他是——

吳大夫的老爸。

梁小姐的公公。

這二句窩心的話，是否能讓我所有的病痛不藥而癒，還是讓我含笑無憾地赴黃泉。果眞，這二句話讓我隱約地聽到，內心的喜悅，取代所有的病痛，但很快地又被絞痛的心奪走。孩子或許已感應到我們之間相互存在的微妙關係，彼此的內心裡、深心中，都在期盼另一位親人的到來，好把謎底揭開。如果不因氣候的影響，想必她已焦急地陪伴在我身旁。老伴，老伴，的確該由老的來陪伴，孩子們盡的是孝道，如果想減輕他們的負擔，蒼天有眼，就該自然地把我化爲塵土；上天堂，入地獄，輪迴或超生，那只不過是人類的虛幻和假設。從我們懂事迄今，看過無數的生生死死，他們的軀體已腐蝕，靈魂是在陰間受苦難，還是在天堂享清福，又有誰能看得見，是「三姑」，還是「道士」？

他們輾轉地把我推向白色的小房間裡，我的內心裡已不再有貪生怕死、想在人間多活一些日子的念頭。渾身難忍的病痛，並沒有因轉院而減輕。床前擠滿了來會診的各科醫師，想找出病源，把我從死神手中搶救回來。他們低聲交談，朗朗上口的是一些我聽不懂的洋文和專業名詞，他們謹守醫德，不讓病人聽出自身嚴重的病情，然而，我已看透了一切，果眞得的是無藥可救的絕症，我也難以啓口，說出一句不滿的怨言。誠然，內心裡會感到難過，拋妻、別子，撒手西歸本是人間的慘劇，但總得坦然面對死神的召喚。

孩子除了値班，都輪流來陪伴我、照顧我。除了爲我做簡易的按摩，協助我翻身，並沒有一些多餘的言辭，要我這個形同啞巴的病患來作答。他們並非運用官階和職權，踏進病房的醫護人員都清楚，這個老頭與他們絕對有不尋常的關係，無論做任何的醫療服務，都是小心翼翼，彬彬有禮地不敢怠慢。雖然迄今我尚不知自己得的是什麼病症，也不知道施打的、服用的是什麼針劑和藥物，一切由他們擺佈，沒有自主的空間和權利。然而，病情並沒有獲得改善，難忍的疼痛已成自然，我只皺眉，沒有呻吟，我緊握右拳，嘆口氣，好讓額上的熱汗變冷泉。

牆上日夜點燃的燈光，讓我難分白晝與黑夜，孩子已露出疲憊的眼神，她輕揉我滿是針孔、略微紅腫的手臂，他則在我腿部捏捏揉揉地按摩著，而後，附在我耳旁，低聲地說：

「老伯，我媽明天回金門。」

我睜大眼睛，隨即又閉上，眼角的雙旁，是一串串冰涼的淚珠。

「雖然您不能去接她，她會先到醫院來看您。」

我伸出顫抖的右手，在被上比畫著，然而，他們卻會意不出我的心意。她取下隨身的紙和筆，我握了好久，試了好幾次，仍然抓不緊那微小的筆管。稍後我咬著牙，五指緊握著筆管，終於歪歪斜斜地寫下——

住古厝。

他取下我手中的紙和筆，雙手緊握我的手，猛力地點著頭，而後微紅著眼，我淸楚看見，眼眶裡，盈滿著淚水。

「老伯，您不覺得，我們愈來愈像一對父子。雖然我此刻不能冒然地喚您一聲老爸，但您父愛的光芒，早已映照著我們。媽明天就回金門，我再也不是一個有母無父的孩子。」

我的眼眶裡也盈滿著淚水，無顏面對三十年沒有父愛關懷的孩子。她取出手帕，輕輕地爲我擦拭。是否也感染了這份悲傷的況味，竟也低聲地哭泣著。

孩子，或許我在人間的日子已不多了，此生不能略盡父責，願來生再償還。雖然你的戶籍資料和兵籍表上，父欄裡不再是空白，但下方的括弧內將不是（存），而是（歿），不管能不能接受死神的安排，我將獨自上西天，留下你們母子在人間。

「老伯，您體內只是併發了一些不該存在的病症，媽明天就回來，我們將徵求她的同意，爲您做必要的手術，一旦成功，很快就可減輕痛苦，病情就能獲得改善。」

不錯，一旦成功就能獲得改善；如果不成功呢？勢必要成仁。孩子，我相信以你在院中的階級和醫術，倘若我的病情輕微，何須經過你母親的同意，早已從手術室裡出來了。我不敢怨天尤人，只怪我低估了生存的價值。三十餘年來，我吸煙、酗酒，把健康置身於度外，當它亮起了紅燈，才發覺生命的可貴，但畢竟已太遲了。

「老伯，吉人自有天相，您會沒事的。」她含著淚水，柔聲地安慰我。

然而，我會沒事嗎？心存的已不再是僥倖，當呼吸器官失去功能，心臟停止跳動，意識不再清醒，將是我遠離人間的時刻。對這個美麗的世界無緣再懷念。

我微動了一下身，孩子更靠近我一步，胸口彷彿又被千斤巨石重壓著，讓我有窒息般地難受，相繼而來的，是一陣陣更難忍的絞痛，額上不是熱汗，而是冷泉。我弓著身，抓住床墊，痛苦的表情逃不過孩子的眼神，她爲我打了針，或許那是含有麻醉性質的止痛劑吧。又從鼻孔裡，噴進一些液狀藥物，讓我感到呼吸上的順暢。突然間，我意識到死亡不再可怖，宇宙有生亦有死，它們依然處在一個平衡點；只是死必須要有尊嚴，爲什麼臨死還要承受那麼多的苦難：：：：：：。

第八章

我的靈魂彷彿已飄進

老家的古厝大門，

躺在冰涼的水床上。

黑色的棺木，

是我陰間的華屋；

請再為我準備：

一瓶酒、一包煙；一枝筆、一疊紙，

我將在陰間地府，

寫下此生難以忘懷的篇章——

《迢遙浯鄉路》………

白色的燈光明亮依稀，我的內心裡始終感應不出明天在那裡。維持我微弱生命的，不是依時間供應的三餐，而是懸掛在床頭的點滴。我實在已記不清換過多少瓶了，只感到針頭一直深插在我的血管裡，平放的手臂已僵、已麻，但深恐戳破血管，就像沒有生命的小木棍，畢直地擺放著。

體內的不適，已由胸前移轉到背後，脊髓骨像芒刺般地疼痛，彷彿有許許多多的細針，在裡面亂闖、猛戳。想不到一向挺直、粗壯，支撐著人體的脊髓骨，竟是那麼地脆弱，禁不起那小小的芒刺，讓我難以忍受，又得承受的痛苦。除了耳能聽、眼未盲、腦能思、手微動，所有的器官，已尾隨著西山的落日而敗壞。失去原有的功能，我無怨，渾身的疼痛，才是慘酷的折磨。學醫的孩子深諳其道，並沒有讓我服用超量的鎮痛劑。我也深知自己的病情，已非頭痛和腹痛，而是只能鎮痛、難以痊癒的病症。每當鎮痛藥效過後，又是萬箭穿心的苦難時刻。我一直想不到、猜不透，是那一種病魔能有這般功力，把自稱爲萬物之靈的人類，折磨得比小小的螞蟻還不如。那會不會是讓人心悸的「癌」呢？我們粗淺地認識，癌也叫惡性腫瘤，它的細胞能轉移和擴散到人體的任何部位，破壞人體的組織，最後卻走上無可救藥的不歸路。難道我是這種病症的罹患者，是否已到了無可救藥的末期？想起這種可怖的病症，如果能不必遭受它的折磨，就此長眠也甘心。然而，人都有求生的意志、怕死的意念，當死亡臨頭，還想做最後的掙扎。

梁小姐告訴我，吳大夫到機場接母親，今天是一個風和日麗的天氣，相信他母親會如願回金門的。然而，我內心裡，恰如被病魔吞噬般地難受。今天，理當我迎她回家門，而不幸，她卻趕回來送我一程。人生這齣戲，從啓幕到落幕，沒有喜感，只有悲劇；沒有重聚，只有分離。這種劇情，雖然在銀幕上常見，在現實人生裡卻不多。我們並沒有刻意地去篩選，而是生活中自然的反映。當她踏進這白色的房間裡，我的呻吟將取代久別的問候，無聲的語言是虔誠的祝福，願我承受的不再是痛苦，好陪她進家門。

孩子終於陪著母親進來了，她尖聲地喚了一聲讓我心碎的小弟後，竟不顧身邊的孩子，淚流滿臉地在我臉上狂吻著，我忍受著即將溢出的淚水，伸出無力的右手，輕撫她的髮絲。是那一條毫無血性的神經，壓迫著我的聲帶、是那一條神經，遂使我欲言又止，在我即將遠離人間時，竟然說不出一句：

親愛的秋蓮。

她撫摸我深凹的眼眶，消瘦的臉頰，涼涼的淚水一併滴下，一聲聲親切，悅耳、柔情的小弟，讓我彷彿置身在三十餘年前的港都，以及雨夜的西港。然而，那畢竟是已逝去的歲月。此時，我們身處的，卻是浯鄉的醫院中……。

「金門這條路既遙且遠，我走了三十餘年才抵達。孩子已先揭開謎底，你心裡明白。我會珍惜我們相處的每一個時光。」

我微微點點頭，露出一張痛苦的臉，孩子也走近床沿，附在我耳旁，低聲地喚了我一聲：

「老爸！」

我的內心裡，只掠過短暫的一陣喜悅，隨即又被病魔纏繞著。我顫抖著手，輕撫孩子的臉，浮現在我眼簾的是一個小小的酒渦，儘管我的雙眼已老花，它卻是我心中永不磨滅的第一印象。

梁小姐也走了過來，熱淚盈眶地喚我一聲：

「老伯。」

我無神地搖搖頭，輕拍一下她的手，孩子，辛苦妳了。這是我內心裡想說的一句話，妳能聽到嗎？或許，永遠也不能。孩子，辛苦妳了！

「小弟，不能心存悲觀。你一向是很堅強的。想當年你悲傷失望地離開港都，不是沒落過淚嗎？你的身體很快就會復元的，爾後將是我們相偎不離的美好時光。孩子也長大了！美麗乖巧，善解人意的未來媳婦，正等待進我們家大門呢？」

她說著，說著。依然輕撫我的臉，一遍又一遍，輕輕又柔柔，然而，此刻的溫馨，並沒有取代我軀體的苦痛，從心、肺，到脊髓，彷彿有尖銳細長的繡花針在游移著。所經之處，像毒蠍般地猛螫，英雄好漢，仙人道長，也難受它的折磨，何況是一位風中殘燭的老年人。

孩子或許不忍心讓母親見到我這副痛苦的狼狽狀，讓我服下好幾顆藥丸。過不久，體內已麻，感覺不出有疼痛的地方，意識中，好像幾天沒睡時那麼地睏著，我已失去了知覺⋯⋯⋯⋯。

時間陪我在這張病床度過，然而病魔正不停地吞噬我的生命；我已失去了計算它的能力，任由它啃食和摧殘。體內或許只剩下壞死的器官、皮包骨的軀體，以及一絲微弱的生之氣息。

迷朦中，我聽到孩子與母親的對話。

「癌細胞已擴散到爸爸的肝、肺，甚至蔓延到了脊髓骨。」

「他第一次來醫院，你不是爲他做體檢嗎？難道什麼也沒發現？」

「那時只是一些老年人常見的慢性病，並沒有其他症狀。」

「你是什麼時候知道他罹患那麼嚴重的病情，爲什麼不趕緊爲他動手術，把腫瘤切除。」

「媽，您先別衝動，小聲點，讓爸聽到對病情沒好處。當我為他轉院，做切片檢查時，已是末期了。」

「孩子，我的命眞那麼苦嗎？金門一直是我嚮往的地方，三十餘年前，該來未來，想不到走了大半生才抵達；然而，卻沒有獲得蒼天的憐憫，今天回來，不是夫妻重聚，全家團圓，而是要面對著永恆的再分離。」

「媽，我們內心都同樣地難過。三十年來在您的慈暉下成長，卻無緣親沐父愛的光輝。而萬萬想不到，無論從任何一方面，我們父子都有十分相似之處，父子心早已熔為一體，他不僅是我的父親，亦是我的良師兼益友，我們在一起，沒有意識上的代溝，有的是父子深情。」

「如果轉到臺北榮總、長庚那些較大型的醫院，接受化學治療，是否能把病情控制住？」

「化學治療是用鈷六十來透射腫瘤的部位，它較適合於罹患時的初期。爸爸已到了最嚴重的末期，而且癌細胞已擴散到肝、肺、脊髓。現在只能以藥物來減輕他的痛苦，其他的計策都已太晚了。」

「孩子，你是學醫的，我尊重你的專業知識。自你學成踏入醫界，服務過多少病患，醫好多少病人，但今天面對奄奄一息的父親，卻是一籌莫展。」

「媽，請您原諒，面對爸爸的病情，我實在有措手不及之感，也愧對您的養育之恩。原以爲找到爸爸，就是我們家團圓日，我也自信能負擔家計，讓您倆無後顧之憂地安享晚年；然而，上天似乎對我們太不公平了，我救人無數、醫病難計，卻救不了、醫不了自己的父親。我感到慚愧！」

「孩子，你也別自責。醫師只能醫人病，不能醫人命。怪他不懂得珍惜生命，那年在安平，我已警告他，煙少吸、酒少喝，竟把我的話當耳邊風。」

「不錯，長期的煙酒，是造成腫瘤滋長蔓延的主因。但人往往是生病才找醫師，平常的體檢幾乎少見。尤其經常從小感冒中發現到重大病症，想恢復健康，已是遲了一大步。」

「依你的經驗，類似你爸爸的病情，會不會有奇蹟的出現？」

「媽，我並非悲觀，也並非不鍾愛爸爸的生命，雙親俱在是我的幸福。依爸爸的病況，只能讓他有尊嚴地、很自然地，選擇他要走的路，不可能有奇蹟的出現。」

「如果改服中藥呢？對病情是否會有幫助？」

「不錯，中醫是我們的國粹。中藥能強身、固本、治病。我知道您與爸爸認識的時間最短，感情卻最深；長久的分離，深情卻依舊。我們都有不能接受這份事實的感嘆。中醫、西醫；中藥、西藥，它的本意都是救人、醫病。說句不孝的重話，爸爸已是病入膏肓，如果以醫學的觀點來說，用西藥來減輕他的痛苦，比中藥強烈。」

「既然如此，我們只好聽天由命了。」

「媽，在這段日子裡，我們必須堅強地面對，人生最慘痛的遽變時刻。在他意識尚清醒時，儘量地陪伴在他身邊，任憑一分一秒也不能放棄與錯過。」

「是的，孩子，這是我們唯一能做到的。」

「喔，對了，媽，爸爸曾經到過西港、到過安平？」

「到過。」

「很遺憾，爸爸曾經說過，要告訴我們一個美麗的故事；或許這個故事，只能隱藏在他自己的心中，我們永遠也聽不到了。」

「不會的，你爸爸是一個重情感、講信用的人。他現在雖然不能說，或許會以另一種方式來告訴你們。」

「對。爸爸曾經說過，要以文字來傳承，說不定他已寫好，放在古厝的抽屜裡。」

「不，在我的提包裡。」

「在您的提包裡？媽，您的話眞玄，爸爸想說的故事，怎麼會放在您的提包裡？」

「孩子，從他發現你、認識你，所有的經過都寫信告訴了我。只是不願在彼此沒有心理準備下，冒然地相認，讓時間來考驗一切。我佩服他的面面俱到。實際上，他想說的故事，已在報上刊載過，只是你忙於工作，沒有注意到。」

「在報上刊載過？」

「是的。」

「叫什麼題目呢？」

「《再會吧，安平！》」

「再會吧，安平！這篇小說我看過，很感人。」是梁小姐的聲音，「女主角就叫秋蓮，原以爲這是巧合，想不到描寫的是自己。」

「他是以平凡之筆，來敘述一個不平凡的故事。想不到事隔三十年，仍能記下當時的每一個細節。」

「媽，相信爸爸對您的感情是誠摯的，是永恆不變的，才有這篇作品的誕生。雖然我尚未拜讀爸爸的大作，但能夠通過編者這一關，在報上刊載，已算是過了火海。如果再蒙受讀者的青睞和肯定，更可見眞章，我們感到榮幸。」

「孩子，我也以你父爲榮。只是我們一直沒有蒙受命運之神的眷顧，祂一而再、再而三地逼迫我們分離。青春歲月已過，竟連年老時的相依靠也不可得，如果他能帶我一起走，多好，不管陰間地府，永不再分離。」

「不，媽，您不能有這種悲觀的想法。失去父親，是我內心永恆的痛。雖然我已長大，能獨立生活，但您依然是我精神上不可缺少的中流砥柱，不能沒有您，不能再失去您！」

…………………………

…………………………

聽到這裡，我流下的淚水已濕了枕頭一大片。滿懷、滿肚的話想說、想吐。然而，我已好久好久不能言語，渾身也使不出一點點、一絲絲說話的力氣。胸痛、背痛、五臟六腑，沒有一處不痛。我已是一盞即將熄滅的孤燈；不必同情和惋惜，不必經過颶風的吹襲，讓燭油流盡乾枯後，自然地熄滅。雖然心有不甘，爲什麼趁著我們夫妻、父子即將團聚時，讓我飽受如此不人道的折磨？我此生自信沒有造過孽、也沒有當過土匪和强盜，爲什麼把人世間最悲傷的慘劇和痛苦，全給予我。讓我沒有機會選擇其他的生存方式，等待著死亡。誠然，自古英雄誰無死，何況我只是一個凡人，但爲什麼不給予我一個機會，等待團圓後再自然地老化、死亡？讓我們夫妻、父子，有一段相互依偎的美好時光。

或許，體內的麻醉藥已全然地失效，它沒有恢復我的健康，而是藥劑失效後的更痛苦。我佩服癌細胞的刁鑽和厲害，整個身軀已是皮包骨，但它依然不放過——一位即將垂死的老年人，要把他混濁的血吸乾，把骯體化成一泓死水才甘心。

我的體內，彷若被分屍般地難忍。鄰人戚友也相繼來探望，投給我的是同情，憐憫的眼神。一旦我閉目西歸，相信他們會主動來協助，絕不會讓她們母子獨自揹扛。屆時，親友們將會爲我佈置一座小靈堂，供奉「五牲」和「菜碗」，道士會唸些常人聽不清楚，我更聽不見的悲咒術語。是頌我，是咒我，還是依俗淨身，只有來生當道士才能明瞭其中的原委。

想的愈多，疼痛愈劇烈、愈難受。如果意識失去靈光，僅留一絲殘喘微弱的生命，是否還會那麼地痛苦。她們日夜輪流陪伴，我無言無語，默默地承受這份溫馨，如果來生舌頭不再打結，再說聲謝謝吧！

她在我耳旁的柔聲細語，我並沒有裝進尚未敗壞的記憶裡。迷迷糊糊，昏昏沉沉，有時讓我哽咽悲傷，有時讓我窩心傻笑。或許她已說盡一切安慰我的話，而我卻不能留下一言半語，更無法告訴他們阿公阿祖的忌辰，年節也勿忘要到破舊的豬舍、牛欄、護龍，依習俗燒些紙錢，祈求平安。實際上，我也不必操心，當他們回到老家的古厝，同宗的叔嬸都會把這些俗事相告，我何不趁機，加快腳步，儘速回到西方的極樂世界，減少在人間所受的苦難。

我的腹部已鼓起，是肝硬化而積水，腿部浮腫，是腎臟敗壞而水腫。昏睡時間總比清醒多，視線也逐漸地模糊，只能見到影子在晃動，看不清人的眞面目。或許在人間的日子已不多，天堂之路也不再迢遙，她輾轉走了三十餘年才踏上涪鄉的土地，而我只歷經幾十個悲淒酷寒的晨昏，就已上了天堂路。她的不幸，正是我的僥倖，稍待一會，我即可脫離苦海，走到一個不想去、又不得不去的地方。

突然間，我的精神一振，意識格外地清醒，睜眼能見到房內的人和物，竟能沙啞微弱地喚聲：

「秋蓮。」

她急促地走近我，俯下身，附在我的耳旁，柔聲地叫我一聲：

「小弟。」

我苦笑地輕握她的手，輕撫她那歷盡滄桑的臉，再喚聲：

「秋蓮。」

而後，我微閉著眼，彷彿被一片烏雲籠罩著。

「媽，」是孩子急促的聲音，「爸爸他：：：：」

「孩子，你是醫師，知道病人最後的徵狀，讓他自然地、有尊嚴地離去。趁他彌留時，我們必須護送他回老家，面對列祖列宗。萬一進不了古厝大門，我們承擔不起這份罪過。」

「媽，我瞭解您的心意，入鄉必須隨俗，但我實在不甘心，這麼快就與爸爸分離。等了三十年，還是等不到他來引導我認祖歸宗，這是我此生最大的遺憾。」

「孩子，我們母子都有同樣的心情，金門路迢遙，我已走到它盡頭，縱然風雨腐蝕我的身軀，我也要守住這片土地。引導你認祖歸宗的重擔，將由我來承擔，孩子，你放心吧：：：：。」

哭聲繚繞在我耳旁，淌下最後一滴淚水，我的靈魂彷彿已飄進老家的古厝大門，躺在冰涼的水床上。白色的燭光，床頭的沉香，金銀紙錢在紅磚地上燃燒著；黑色的棺木，是我陰間的華屋；請再為我準備一瓶酒、一包煙、一枝筆、一疊紙，我將在陰間地府，寫下此生難以忘懷的篇章——《迢遙浯鄉路》……………。

（全文完）

原載一九九八年五月廿四日——六月十五日《浯江副刊》

後記

《秋蓮》是由〔再會吧，安平〕與〔迢遙浯鄉路〕串連而成的小說。故事發生在二個不同的時空背景。實際上，它們也能成爲獨立的單元作品。前篇著重故事的描述，後篇則偏於內心獨白；前者寫得較順暢，後者是在痛苦中逐字寫成的。顯然地，我寫的不是大河小說，亦非反共作品，而是依照心靈裡的藍圖，記錄已逝的時光和歲月，以及內心難以撫平的悲傷年代。

一九九七年秋天，我蒞臨闊別三十餘年的安平，卻無緣重遊西港。在港都街道盤桓、在愛河堤畔沈思，卻沒有勇氣重登萬壽山。回溯雖然能讓時光倒流，彷彿又置身在三十餘年前的青春歲月裡。然而，當我佇立在灣裡濱海大道，凝視西下的秋陽，落寞的心彷若退潮的海灘，一片淒涼。當海風吹起我蒼蒼的髮絲，當含腥的氣流直入心脾的那時，在我腦中浮現與激盪的，已不是青春時期的纏綿，而是永不回頭的時光。

誠然，小說只是小小的說一說，但它卻異於其它文學作品，不同的時空、不同的人物、不一樣的感情世界，倘若沒有身歷其境，也必須進入它的核心，隨著情節的進展、人物內心的起伏變化，做妥善的描述。雖然我無意在理論上加以詮釋，也無意依據它的教條來創作，但我深刻地感受到，小說寫來較辛苦。尤其當文中的「我」，被病魔折磨得生不如死的時候，那種痛苦，那種難以言表的無奈，必須仰賴尚未被癌細胞吞噬的思想闡述。曾經我丟下筆，有寫不下去的無力感，朋友也提出忠告：再思索下去，會有精神分裂的危險。因而，我寫寫停停，不是貪生，而是怕成了精神病患，每日瘋瘋癲癲、喃喃自語，忘了我是誰！寄生在這個冷暖無常的現實社會，親情、友情，都會離我遠去。所到之處，必是人人喊打的「猶吔」，任憑正常的時候，說上兩句感性的話，也會被說成「講猶話」，因而，在往後的時光裡，阮驚猶，不驚死；驚空，不驚憨。但也冀望世間人，不要假猶、假空、假憨！

想出版這本書，內心裡曾做了一番掙扎，是悲，是喜，我恥於表明。人往往對價值觀有不同的解說和認定，是該累積錢財兌換冥幣帶往天堂，還是凝聚智慧把作品留在人間？無情的歲月酸素已逐漸腐蝕了我的腦細胞，生命中的黃昏暮色也將來臨，在有限的人生旅途裡，但願還有下一部作品的誕生，而不是我文學生命的終結。

感謝您，親愛的讀者。

一九九八年七月　於金門新市里

國家圖書館出版品預行編目資料

秋蓮／陳長慶著
－初版－臺北市，大展，民 87
面； 公分－（文學叢書；5）
ISBN 957-557-865-1（平裝）

857.7 87011248

秋　蓮 ISBN 957-557-865-1

作　　者／陳　長　慶
校　　對／陳　嘉　琳
發 行 人／蔡　森　明
出 版 者／大展出版社有限公司
社　　址／台北市北投區（石牌）致遠一路 2 段 12 巷 1 號
電　　話／(02) 28236031・28236033
傳　　真／(02) 28272069
郵政劃撥／0166955—1
登 記 證／局版臺業字第 2171 號
承 印 者／國順圖書印刷公司
裝　　訂／嶸興裝訂有限公司
排 版 者／千兵企業有限公司
電　　話／(02) 28812643
金門總代理／長春書店
金門縣新市里復興路 130 號
電　　話／(0823) 32702
郵政劃撥／19010417　陳嘉琳帳戶
法律顧問／劉鈞男大律師
初版 1 刷／1998 年（民 87 年）10 月

定　　價／200 元

大展好書 好書大展

大展好書 好書大展